Black Cat

鍾靈作品

The Black Cat

鍾靈作品

The Black Cat

獻給　貓天使多多

本故事情節、人名均為虛構
如有雷同，純屬巧合

主要登場人物

森崎　博之

私立羽衣大學文學學術院文學部講師，專攻東方哲學。從小就身懷某種特殊能力，這種不受歡迎的能力使他保持低調，總是神秘萬分，宛若獨行俠。受到許多女學生（以及部分男學生）傾慕，在校園內人氣滿點，目前正與前妻協議離婚中。

柴田　純

私立羽衣大學文學學術院文學部文學科學生，和森崎同樣擁有某種能力，不同的是，柴田的能力直到高中才出現，無法接受此一事實的柴田曾經步入黑暗人生中，好不容易恢復了正常生活。總是被同學們視爲怪胎。

梶谷　芳雄

私立羽衣大學理工學術院基幹理工學部數學科主任，與森崎是大學同學，也是少數森崎的友人，愛管閒事，有點囉嗦，怎麼看都不像多次獲獎的一流數學家，反而像中年怪叔叔。

小松　由里子

森崎前妻。TBS晨間新聞主播，父親是自民黨的重要人物，出身政治世家，才貌雙全，氣質高尙。

宮木　正和

梶谷和森崎的學長，三人在學生時代就已認識。舊姓秋山，入贅至宮木財閥家後改姓。因事件而與初戀情人九条相逢。

九条　綾乃

目前已升職爲警部。從不按規定辦案的她老是遇上一些疑難案件，非科學主義者，嗜好是早晚擦皮鞋。

乙羽　泰彥

私立羽衣大學理工學術院基幹理工學部數學科學生，涉嫌殺害前女友板倉有紀。瘦高斯文，外表看起來普通平凡。

霧島　研一郎

著名法醫，是森崎、九条的同學兼友人。雖然擁有吸引人的外表，但個性卻像刺蝟般討人厭。有如冰山般的存在，對某些人來說卻充滿致命魅力。

楔子

這家二十四小時營業的咖啡店裡，客人不算少。

名爲「山茶花」的咖啡店就靠近私立羽衣大學的南側門，穿過一條兩旁種滿銀杏的小巷後就可以抵達。今天是考試前夕，許多學生窩在「山茶花」裡熬夜讀書，大部分的人在此刻（凌晨三點多）已經開始趴在桌上稍事休息；在角落的一兩桌，學生情侶正彼此依偎，距離書本至少有六十公分以上的距離；也有人用筆記型電腦上網，或者以手機傳簡訊打發時間——總之，眞正在看書的人並不多。

乙羽泰彥也是這群處於半偷懶狀態的學生之一。

小圓桌上的原文書翻開，中間夾著一紅一黑的原子筆和幾張零散的筆記，從晚上九點進入咖啡店到現在，原文書一直都停在同一頁。乙羽沒什麼看書的心情，他正忙著上網瀏覽認養小貓的網頁。不知道該說什麼才好，雅虎奇摩上也有販賣純種貓，從十幾萬圓的美國短毛貓到四十幾萬圓的索馬利貓都有。但對乙羽來說，他不需要純種貓，只要是貓就可以了。

只要是貓。

提供認養的部落格很多，乙羽看上了在群馬縣的夫妻所要送出的白橘相間小貓。小貓大約五個月大，這對夫妻是在路上撿到牠的，但家裡原本養的可卡犬和小貓無法和睦相處，因此只好放棄小貓。在部落格上，小貓的照片很多，看得出來這對夫妻很照顧小貓。他們暫時把小貓命名爲「蜜柑」。

乙羽伸了個懶腰，把早就冷掉的咖啡一飲而盡，轉動脖子之後，開始在部落格上留言，表示非常想要領養小貓蜜柑。他瞇著眼檢視蜜柑的照片，逐漸開始充滿期待。他是那麼迫切地想要領養這隻眼神如此天眞無邪，如此可愛的小貓。一般人會細心打扮小貓，把牠們放在籃子裡拍照，但乙羽早就發明了另一套表達愛意的方式，他想要好好疼愛這隻小貓。才五個月大，可愛的小東西，連爪子都還沒長硬吧？是不是？

乙羽感覺血液在沸騰，他想起前女友家裡那隻黑貓，名叫阿玉的黑貓。乙羽定睛看著小貓蜜柑的照片，他想把蜜柑放在米白色的粗棉布袋——都已經想好、計劃好了——他會把小貓放在那米白色的粗棉布袋裡，然後再把布袋放在大形不鏽鋼臉盆裡，然後把燒滾的開水，就這樣淋上去。……光是用想的，乙羽的嘴角便忍不住上揚，彷彿耳邊已經可以聽到那小動物痛苦淒厲的呻吟。乙羽看著部落格上的貓咪照片，他是多麼需要這可愛的小動物來撫慰自己，他要聽到那小生命被剝奪時的恐怖哀嚎，他全身細胞都在吶喊著。

那隻黑貓，阿玉……

乙羽打從心裡憎恨阿玉那雙灰綠色的眼珠，好幾次他都想用瑞士刀把那對眼珠挖出來，然後狠狠塞進前女友的嘴裡，要她嚼爛吞下。會成功的，總有一天，早晚的事，他深信自己會宰了那隻叫做阿玉的黑貓，最好是用榔頭把牠那似乎比人類還善於思考的小腦袋敲爛，看著腦漿迸出，牙齒碎裂。

不過，這些事還不急。現在重要的是那隻小可愛，名叫蜜柑的可愛橘子貓，乙羽打從心裡期盼能領養到牠，對蜜柑的渴望，就像對之前那十幾隻貓的渴望一樣，是如此強烈。

第1話

很難準確形容她給人的感覺。

若單純以外表來看，這女孩的臉很有個性。五官搭配得宜，雙眼烏黑深邃如玻璃珠般，皮膚蒼白，並非櫻桃小嘴，但唇形漂亮。不笑時看起來心事重重，偶爾見到她的笑容，又覺得像是涉世未深的孩子般天真羞澀。她的頭髮不長，再一兩公分就會及肩，是簡單的黑直髮，幾乎未加修飾，和雙眼很相襯。她沒化妝，是課堂上唯一沒化妝的學生，臉上唯一人工的痕跡是稍微修去雜毛的雙眉。修眉好像是她僅存的女性意識表現。

穿著的話……反倒好形容。不知道是不是怕冷的緣故，她總是穿著長袖，冬天不必說，但夏天也是。她的標準裝扮就是看起來很好走路的黑色氣墊學生鞋，黑色褲襪（隨季節會分厚薄吧，這也只是猜測），黑色及膝裙和長袖白襯衫。不管是什麼季節，這些都是固定的。冬季會在襯衫外再加黑色或其他暗色系的毛衣，大衣像是從舊衣回收處撿來，質感優良但十分老舊的款式（仍然是黑的）。黑色千鳥格紋圍巾看起來也很舊了，和大衣一樣，雖然看起來是高級品，但總覺得是古老的二手貨。

在冬季校園裡因遲到而跑步時，她總是呼呼喘著白氣，手上拎著款式老舊但卻是義大利名牌的黑色中性書包，長揹帶晃呀晃的，透露出一種異樣輕快的節奏感。即使如此，她看起來仍笨手笨腳，至少一次以上，她在趕上課時被書包的長揹帶絆倒，重重摔在通往教室的捷徑上——那是一條石板路，附近種滿了各式和建築風格不搭的灌木叢。

那條小路就在他的研究室下方。當他早上進入研究室，接過助理煮好的咖啡，靠在大窗戶旁看著樓下的石板道路時，常常會看到她焦慮不安地因遲到而匆匆穿過小路，通常會伴著摔倒以及非常迅速的爬起。她好像不會痛的樣子。後來某學期開始，她也選了他的課，成績一般，不突出也不差勁。但常遲到，她在學生裡十分顯眼，想不注意都很困難。跟其他善於打扮，街上一抓就是一大把的女學生比起來，她眞的、眞的、眞的很奇怪。不過，再怎麼奇怪，也不可能讓他想去一探究竟，他只是因此對她有印象而已。

此刻他正端著咖啡，站在研究室的窗前。不到一分鐘後，她又出現了，還是一模一樣的穿著，一樣遲到一樣跑步，但今天好險沒有摔倒。再摔下去，膝蓋會碎掉吧？他想。

今天的咖啡非常難喝。因爲是他自己煮的。他的助理，有一雙模特兒般長腿的三浦香代小姐從上星期就離職了，因爲她即將嫁作人婦。三浦小姐身材很好，臉蛋也漂亮，在研究室工作不久後就和某位年輕的講師開始交往，經過半年，終於要步入禮堂了。雖然打從心裡祝福三浦小姐和那位並不熟的講師，但這卻帶給他很大的苦惱——又得重新找個助理了，會煮咖啡的助理。

「喂，森崎！」不敲門就殺進研究室的，是老同學梶谷才會幹的事。

「一大早就到學校，這不像你啊。」森崎轉頭，把手上的咖啡放在整齊的書桌一角。「找我有事嗎？」

梶谷芳雄在數學科擔任主任，雖然大學時兩人都是唸哲學出身，但梶谷後來選擇到美國研究數學，數年後帶著非裔太太回到日本任教。也是梶谷介紹森崎來到羽衣大學的。梶谷長得不高，比他太太還矮了半個頭，總是穿著各式各樣的運動服搭配軟質西裝長褲，看起來就像個服裝品味嚴重不良的中年怪叔叔。

梶谷把研究室的門關上，在客人用的單人扶手沙發坐下，扶了扶眼鏡，高深莫測地開口，「三浦小姐離職了吧？」

「是啊。要嚐嚐我親手煮的難喝咖啡嗎？」

「哈哈哈，」梶谷的笑容瞬間把原本故作高深的表情破壞無遺，顯得毫無心機。「大學時只要熬夜唸書，就得藉助你那難喝的咖啡來提神啊！不是靠咖啡因刺激，是靠那難喝的味道——到現在功力還是沒進步嗎？」

「是啊，我也很苦惱。」森崎咖啡癮的確很重。

梶谷環視森崎的研究室，「……如果票選本校最乾淨整潔的研究室，你一定第一名……不，說不定是關東區第一名。哈。好，我來的目的不是閒聊——你會再徵研究助理對吧？」

「那當然，反正也有經費。」

「要不要優先考慮讓學生來擔任助理？」

「什麼意思？」

「其實之前開會時，校長那邊希望以後儘可能雇用學生擔任助理，好像想藉此節約經費。」

「打算剝削付學費給我們的衣食父母，嗯？」森崎帶著微笑，語氣明顯不認同。

「……也不完全是啦。聽說會免費提供宿舍，所以支付的薪水會減少……你也知道，前幾年花大錢蓋了宿舍，結果使用率低得離譜。因此，才有人向校長提出這樣的方案。不過，你們系上到底有什麼打算我不清楚，只是想到了，所以過來說說。」

森崎點點頭。

他知道梶谷的確是這樣的人，即使是芝麻小事也會興沖沖從遙遠的理工學術院邊緣的數學科大樓越過半座校園，跑來文學部找他。

「不過，讓學生擔任助理，我不太喜歡。」森崎坦白地說，「我不喜歡下課後還看到他們。」

「當學生時，你也總是討厭在下課後和老師有來往，不是嗎？」梶谷一臉陷入回憶的模樣，看起來頗有喜感。

「嗯。沒錯。」森崎點點頭。

不只是老師，他幾乎不想跟任何人往來。然而學生生活中若是太獨行，對自己更加沒有好處。森崎花了整個青少年時期去摸索自己與他人最適當的距離，其中過程讓他渾身是傷，好不容易才找出最不被懷疑，不被注目的群體相處模式：那就是和兩三名同學保持連絡，一起讀書，偶爾一起出去晃晃，但絕不能發展成好兄弟那種熱血親近的模式。這樣其他人也不會特別覺得自己怪異，或者把自己當作怪人——雖然他的確是個怪人。

□

下午的第一堂課是森崎教授的東方哲學，內容大部分和中國哲學思想有關。柴田坐在學生食堂的角落，從黑色PRADA書包裡拿出一本大紅色亮皮手帳，仔細地確認著課表。雖然PRADA包包是真品，但是放在她身邊看起來卻異常不搭。柴田把頭髮撥到耳後，露出漂亮小巧的耳朵，她沒穿耳洞，但戴著一只金色十字架耳環。是夾式的，因此非常容易脫落，另一只不知何時已經掉了。

確認完課表後，柴田把那本非常顯眼的手帳塞進包包裡，快速地把拉麵幹掉。學生食堂的拉麵口味非常有待加強，但是一碗才五百圓的拉麵，實在沒什麼好嫌棄的，即使叉燒肉薄得像紙也沒關係。

下午第一堂課的時間就快到了，柴田加快吃麵的速度，好不容易趕在打鐘前吃完，把餐盤送到回收檯時，她那黑色的PRADA大包包差點撞到某個男生。她連忙道歉，然後跑出食堂，衝往教室。

這堂課不能錯過，要點名發考卷。

但由於踩到包包垂下裝飾的長揹帶，柴田無法避免在文學部大樓前摔了一跤。今天好像格外慌張啊，她心想，一面匆匆爬起，踏上華麗的石製台階。黑褲襪在膝蓋的部分已經磨破，絲襪這種東西就像謊言，起先只是個小洞，接著就不知不覺變成令人難堪的赤裸大洞，什麼都遮掩不住。紛亂的思緒在柴田腦海裡飛逝，當她喘著氣跑上三樓時，走廊已一片寂靜，所有教室都已開始上課。

柴田悄悄推開教室後門，低著頭在最後一排找位置坐下。她放下包包，訕訕地抬起頭，和森崎教授目光相接。森崎教授很快就調開視線，他正在發考卷，喊著同學的名字。

森崎教授給人一種非常神秘，難以相處的感覺。他在學生中是話題人物，很多女學生都非常迷他，因爲他有著電影明星般的外表。更重要的是，他總是和學生們保持距離，這更增加了許多想像空間。有人說森崎教授年輕時是拳擊手，還當過模特兒；或者是森崎教授曾經結過婚，前妻是位美女主播；還有人很堅持森崎教授其實就是日本版的印第安那·瓊斯；至於迷上韓劇的人，則信誓旦旦表示森崎教授有韓國血統……謠言總是充滿了各自的臆測與幻想期盼（雖然已變得異常誇張）。當然，這些對柴田來說並沒有什麼意義，她只是單純覺得森崎教授的課很有意思，因而常選他的課。至於森崎教授那迷人的外表，嗯，柴田一點也不覺得男人好看有什麼用。人重要的是思想和心，這是她的切身體認。

「柴田純。」森崎沉穩的聲音喊到了柴田的名字。

「是。」柴田連忙跑到講台前。

森崎看了眼她的考卷，而非她本人，「對於中國易經的了解非常透徹，很好。」

「是，謝謝！」柴田用力鞠躬，像個小學生。

也許是力量過大的關係，左耳的夾式耳環忽然間就這樣飛出去，落在講台旁的地板上，發出清脆的聲音。

柴田又開始一貫的手忙腳亂，「對不起！」

森崎教授看到那只金色的十字架，本能地彎腰伸手撿起，沒想到兩人的手在同時相觸。柴田尖叫一聲，往後跌坐在地上，她瞪大那雙宛若黑色玻璃珠似的眼睛，驚恐中帶著幾分了解，一手捂住嘴，表情就像是看見兇案的目擊者。在森崎那一向冷漠的臉上也閃過一絲同樣的表情，他強自壓抑那股驚訝萬分的情緒，花了幾秒鐘故作冷靜，伸手扶起跌坐在地上的柴田。

對，沒錯，剛剛的不是錯覺！

在森崎的手掌碰觸到柴田的臂膀時，兩人同時確認了這件事。對，沒錯，剛剛的不是錯覺！不是錯覺！絕對，不是錯覺！

對森崎和柴田來說這一分鐘相當漫長，但課堂上其他人卻不覺得。大家早就對柴田的笨手笨腳和誇張表情習以為常，也沒有人注意到森崎教授臉上飛逝而過的異樣神色。

「妳沒事吧？」森崎的聲音突然變得乾澀。

「是，失禮了。」柴田匆匆再度鞠躬，頭也不回地逃回座位。

森崎察覺到指尖還捏著柴田的金色十字架，他藉著講台擋住眾人視線，悄悄把耳環放進口袋中。

發完考卷後的時間裡，柴田完全沒有抬頭聽課。森崎的目光雖然總是不自覺飄向柴田，但總算有所警覺地硬扯回來。

——那個女孩，跟自己一樣，不正常。

——森崎博之教授也是，跟我同樣的人。

這世界上，還有另一個人，眞的跟我一樣。

第2話

羽衣大學的校園佔地相當大。創校人是企業家宮木銀之介，爲了紀念曾經給予他幫助的救命恩人羽衣幸吉而以其姓氏「羽衣」命名。原本是所女子大學，昭和中期改制成綜合形態的大學，也開始男女合校。由於創校人宮木銀之介的集團財富不斷增加累積，因此羽衣大學一直得以順利經營。

在宮木銀之介過世後，擔任校董兼校長的是入贅到宮木家的大女婿宮木正和（舊姓秋山）。宮木正和是梶谷和森崎的學長，三人在學生時代就認識了，但沒人知道，宮木是少數知道森崎秘密的摯友。除了森崎的前妻、宮木以及另一位擔任法醫的好友，現在又多了一個人洞悉森崎那長期隱藏在內心深處的黑暗秘密。

森崎在下課時要柴田帶著考卷到他的研究室。柴田應該聽到了，她以非常不起眼的動作點點頭，然後緩緩地收拾散佈在桌上的文具和課本。像他們那樣的人，應該都曾上網去尋找過自己的同類，然後發現大部分自稱有同樣能力的人，只不過是一堆嚴重的妄想症患者或者騙子。在幾次經驗後，他們就會放棄尋找同類，然後在內心中認定自己是個異類，即使有人眞心相信他們所說的，也無法給予任何實質的幫助，或者心靈上的安慰。

森崎在碰觸柴田的瞬間確實看見了，柴田和他一樣，彼此的心靈就像兩面相對的鏡子，完全反射出對方與自己，並且沒完沒了地持續反射著。在中國，這稱之爲「特異功能」的一種，據聞中國政府當局將此類人聚集在一起，持續研究並佐以氣功或者其他方式來提高這種能力。森崎不確定柴田的能力是否和自己一樣，或者甚至比自己更多樣化，但他急於和柴田談談，他看到柴田身上一些比自己更黑暗的部分。

這就像某種怪異的共同秘密，在瞬間連結起兩個毫無關係的人，並且將他們劃歸在同一邊，沒有選擇，就像高貴稀少的血統或是種族。

有人敲門，聲音細微，「您好，我是柴田。」

「請進。」

平時助理三浦小姐會爲來訪的客人開門，但此刻柴田自己推開了研究室門，低頭走了進來。柴田很慌張，她有點猶豫，不知道該不該關上門。傳統上只要一男一女單獨在研究室裡，就不應該關門才對。可是萬一是兩個男人或兩個女人就可以關門了嗎？萬一是同性戀呢，防不勝防吧？哎呀！柴田用力甩頭，這動作讓森崎本來尷尬緊張的情緒稍微放鬆，感到好笑。

「開著門吧。」雖然森崎也覺得這規矩很無謂，他表現出適度的友善，「柴田同學，請坐。」

「是。」柴田在今早梶谷坐過的沙發落坐，很緊張似的，緊緊併攏的左膝上方可以看到黑褲襪破了一個大洞，顯露出原本白皙但已發紅的皮膚。

森崎離開書桌後方，走到研究室門邊，他選了可以清楚看到外頭是否有竊聽者的位置，然後才用輕緩溫和的聲音說：

「我想，柴田同學應該知道我請妳過來是要……嗯……談談……關於……」一時間還不知道該怎麼說才好，森崎考慮了一下，開門見山地說道：「妳看得見，對吧？」

柴田過了一會兒，抬起頭，飛快地看了森崎一眼，然後視線回到自己蒼白的手指上。她有雙漂亮的手。

「爲什麼？」聲音細若蚊鳴。

「嗯？」

「爲什麼要談這個？」柴田鼓起勇氣，抬頭正視著森崎，「不是假裝不知道，然後再也不要提起就好了嗎？」

「……對不起，」森崎突然察覺自己太衝動了，沒考慮到對方是否並不願意談論這種極隱私的事。「沒替妳多考慮。我可能反應過度了。之前，我從來就沒遇見過一樣的人。」越說，越覺得自己解釋得十分多餘。

柴田像是需要花時間才能聽懂的樣子，半晌才說道：「我……以前也沒有遇過，跟我一樣的……不過，說不定還是不一樣。」她似乎產生了興趣，神情也放鬆不少，「……森崎教授的具體情況是怎樣的呢？方便說嗎？」

這也正是森崎想知道的問題，他也想知道柴田的情況跟自己是否相同。他瞄了一眼，走道上空蕩蕩的，沒有任何人。

「我想，我應該是出生就具備這種能力了。小時候就開始，只要碰觸到別人，就會看到一些對方極力想隱藏，或者非常特別的經歷，有時候是一段段的畫面，曾經發生過的事。」森崎輕嘆，「害慘了我的童年。」

柴田有點吃驚，交換似地說道：「我也是只要碰觸別人，就會看到那些……有時會是他們想要擺脫的傷痛，幾乎……很少看見幸福或美好的回憶……」

「很悲哀對吧？」

「嗯。」柴田神情倒是平淡，流露出打算全盤托出的表情，「不過，我並不是從小就能看見。是高中一年級時……奶奶病故了……我來不及見她最後一面，小時候是她養育我的。最後只能握著白布下她冰冷的手……我哭著睡著了，然後就夢見奶奶在醫院裡的事，她雖然不能動，但其實她聽得見所有人和醫生在討論她的病況。我以爲那是夢，但從那以後，只要碰觸到別人，就會看見關於那些人的畫面。」

「原來是這樣……」森崎感到不可思議。

「那眞的是很可怕，很糟糕的情況。」柴田低聲說道，「就連父母的擁抱，我都感到害怕。媽媽抱我時，就會看到，啊媽媽在怨恨爸爸；爸爸牽我的手時，就會看到，啊爸爸在想著某個女人。」

森崎完全明白柴田所說的一切，因爲那正是自己的過去，一模一樣。害怕與任何人有肢體上的接觸，就連寒暄握手也是如此可怕。看透別人的內心絕不是件好事，那是種詛咒，那是種折磨和懲罰，絕非天賦或上天恩賜的祝福。

然後，稍早某些關於柴田的畫面突然衝進森崎腦海，他不由得注視著她。不知道柴田是否知道自己看到了關於她的什麼事。森崎很想問，但他所看到的部分卻是最無法啓齒的畫面。光是述說就有可能形成某種騷擾，但森崎眞的無法理解那部分，他亟欲知道那些畫面的緣由，還有柴田的經歷。

「森崎教授。」柴田忽然喚他。

「嗯？抱歉，突然想到一些事。怎麼了？」

「我知道你看到了關於我的『那些』，」柴田說道，神態自若，彷彿在談論別人的閒事。「很丟臉的畫面。」

「喔，嗯。」這下森崎反倒感到尷尬。

「我曾經有過自暴自棄的日子，你能了解吧？當我發現自己像是怪物一樣的時候……啊，我說的是自我的感覺，並不是說有這種能力的人都是……」

「嗯嗯，我懂。」森崎想拍拍她的肩，但很清楚那是最愚蠢的鼓勵方法。

「所以，我就去做了你看到的那些事，去援助交際。」

「援助，交際？」森崎擔心聽錯似地重複了一次。

「是的，援助交際。然後，在被別人碰觸時讀取那些心靈深處的痛苦和黑暗，不停地折磨自己……這個男人想殺了上司，那個男人有戀童癖，還有那個男人曾經用高爾夫球桿痛揍自己的母親……什麼都看得到喔……像是一部塞滿變態情節的電影。」柴田像是對警方自白似的說著。

現在森崎總算明白，她那雙黑亮的眼爲什麼看來如此與眾不同。

「妳不該那麼做的。」森崎說道。

「不知道。當初就像瘋掉了，恨自己爲什麼變成那樣，然後用最爛的方法去——」

「咳嗯。」森崎清了清喉嚨。

有人上樓了，是在左邊第三間研究室的福池教授。另一人緊接在福池身後，是早上來拜訪過的梶谷。梶谷顯然是來找森崎的，在走廊上和福池客氣道別後，就向著森崎的研究室走來。

「喔，有客人啊。」梶谷又展現出高深莫測的微笑了。「來應徵助理的嗎？」

「啊？喔，是啊，不是說要以學生為優先嗎？」森崎不知自己在幹什麼，竟然順著梶谷的話接了下去，「這位是柴田同學，這位是數學科的梶谷主任。」

「您好。」柴田又開始緊張，慌張起身，跟剛剛放鬆說話的樣子判若兩人。看起來有點神經兮兮，像個破舊的娃娃。

「我是不是打擾了面談？」即使這麼說，梶谷也沒有離開的打算，反而隨便找了張椅子坐下，問道：「妳會煮咖啡吧？」

「……咖啡？」柴田不明所以。「會是會……」

「什麼？看來還沒談到重點啊！我們這位風靡全校女學生的森崎教授，有異常嚴重的咖啡癮，所以助理要很會煮咖啡才可以。」梶谷說道，露出很了解森崎的表情，續道：「柴田同學，有帶履歷來嗎？」

「喔，我叫她來這邊直接面談，不用準備個人資料。」森崎不太會說謊，此刻可說是個拙劣的表演者。

「至少還是要留一下個人資料吧。柴田同學，我不是針對妳唷，這樣才符合規定啊，而且研究大樓的進出是需要控管的，要製作識別證才可以。」

「是需要嚴格控管才行。不能老是讓理工學術院的傢伙闖進我們神聖的文學部。」森崎刻意開了個玩笑。

「哈哈哈。好啦，你助理的事就自己處理吧。我來是要告訴你，下星期五晚上要舉行同學會。細節有空再談，我還要闖入其他文學部教授的研究室，先走了。」梶谷就像一陣風似地離開，給人一種搞不清楚現況的錯覺。不知道他是眞的來過，抑或那只是集體幻覺。

柴田仍處於緊張的狀態，她縮著肩膀，好像有點後悔之前如此坦白自己的過去。森崎想說點什麼安慰她，他知道把這些事說出來很不容易，換作是自己，也沒辦法感到輕鬆愉快。

「梶谷是我大學時的同學。」森崎爲了打破沉默，於是說出極無聊的話，「我的助理三浦小姐離職了，正準備結婚。梶谷很關心我是不是能找到新助理，很會煮咖啡的助理好像不多……」

「這樣啊。」

「是啊，沒辦法。」

柴田浮起笑容，「喝三合一咖啡不行嗎？」

「也不是不可以。」森崎苦笑，「但我才剛訂了很多高級咖啡豆……」

對話變得家常起來，兩人同時鬆了口氣。

「柴田小姐是東京人嗎？」森崎帶著閒聊的口吻問道。

「嗯，不過現在一個人。我的父母都過世了。」

「沒有兄弟姊妹？」

「妹妹在美國波士頓的親戚家，她剛申請到名校呢。她很正常喔。幸好，跟我一點都不像。」柴田若有所思地說。

「所以東京的家裡就只有妳了？」

「東京的家賣掉了，給妹妹當留學費用。我現在在學校附近租房子。明明就離學校不遠，但卻老是遲到。」柴田苦笑。

森崎想起梶谷早晨的話，他看看柴田身上顯得破舊古老的衣服，不經考慮就開口，連自己也嚇了一跳。「那麼，要來我這兒當助理嗎？可以分到學校的宿舍住喔，不過薪水可能不多就是了。」

柴田顯然也大吃一驚，「但是……我不太會煮咖啡。」

「嗯，咖啡其實也不是那麼重要。」不，明明就很重要！

「我的成績也不優秀。」柴田思考著，決定把自己的缺點全部數一遍，「常常遲到，而且笨手笨腳的，不太會做事。」

「然後也容易跌倒。」森崎補了一句。

柴田馬上臉紅。「您發現了。」

「嗯，看過。我指的是實際上真的看過，不是感受到的那種。」森崎感覺這解釋十分愚蠢。

臉紅的柴田倒是沒追問，反而再度確認，「真的可以分到學校宿舍嗎？」

「是啊。應該沒錯。」

「如果能住在宿舍，就比較不會遲到了吧……而且可以省錢。」柴田自言自語，但音量卻大到森崎聽得十分清楚。

「妳要時間考慮嗎？」

「不，不用。我想要擔任您的助理。如果您不嫌棄的話。」

「以後就請多指教了。」森崎微笑。

柴田露出了充滿天眞感的笑容。的確，笑起來時就像變了個人，看起來是個純潔的女孩子，彷彿她的生命裡從未見識過所謂的黑暗。

「請多指教。」

第3話

「咦~怎麼可能?!」頭髮染成亞麻色，並梳理成漂亮大捲，眼睛上貼著假睫毛，宛如SD娃娃般的梅宮發出了驚呼。她用力搖著同學磯村的手，問道：「妳是說真的嗎?」

打扮得和梅宮一模一樣的磯村點點頭，兩人看起來就像姊妹。磯村用貼滿水鑽和粉雕的指甲撥撥瀏海，說道：「當然是真的!」

「可是，之前根本沒聽說森崎教授要徵求新的助理啊!怎麼會突然——而且，爲什麼是柴田那個傢伙?」

身爲森崎教授的忠實後援隊，梅宮眞琴對於錯過爭取助理的機會感到萬分惋惜。娃娃似的她嘟起娃娃似的小嘴，目光在食堂裡梭巡著，然後在某個靠近回收檯的角落找到了此刻已變爲敵人的柴田純。

梅宮眞琴嫌惡地說道，「太不可思議了，森崎教授怎麼會選上柴田呢?妳們看看她，超級奇怪的，整個冬天都穿著同一件大衣，平常穿的衣服也像是從來沒換過似的，那種女生有什麼好的?」

「森崎教授又不是要找結婚對象，外表有什麼關係。說不定人家柴田很能幹，很符合森崎教授的需要。」距離梅宮和磯村有點距離的染谷說道，但她的正派維持不到三秒鐘，「而且，找醜女來當助理，也比較不會有緋聞發生吧，哈哈哈。」

「早苗妳眞是的。」梅宮顯然對於後面這句話感到相當滿意。

梅宮眞琴、磯村華子以及染谷早苗是羽衣大學裡的校花。三人之中，梅宮和磯村打扮和長相都很類似，完全就是複製《mina》雜誌裡的長髮模特兒，就連髮色也和雜誌上的人物零色差。至於染谷早苗，她的身材高挑，留著一頭及腰直髮，但穿著卻一貫地龐克，不論季節總是充滿視覺系的打扮，高筒馬靴和皮衣皮裙與誇張的銀飾是她的註冊商標。

這三位美貌小妞個性各不相同，但卻有個共同話題，就是：森崎博之。表面上染谷早苗對森崎似乎不屑一顧，實際上她卻從來不會錯過跟森崎有關的消息；磯村華子則是中間派，她不曾掩飾對森崎的欣賞，但也沒有付諸實際行動；激進派的梅宮眞琴就不同了，她總是想辦法要爭取森崎的注目，不知爲何，她老是幻想有朝一日能和森崎教授步入禮堂。

「……柴田那傢伙，看起來實在很糟。」磯村看著笨手笨腳，差點把托盤甩到別人身上的柴田，搖搖頭，「我總覺得她會把森崎教授的研究室夷爲平地。」

「那很好啊。」梅宮甜甜一笑，「這麼一來，森崎教授就只好開除她了……我會很期待呢。」

「森崎教授眞有那麼好嗎？」染谷露出不怎麼相信的表情。

「那還用說，他可是世界上最性感的男人。」

「神秘兮兮，像個怪胎，除了臉孔和身材之外一無可取。」染谷絕對不願意表現得跟梅宮那種花痴一樣。

「至少他有臉孔和身材。」磯村說道，「大部分的男生嚴重缺乏這兩項。」

女孩子眞是奇怪的動物，明明就互相看不順眼，但仍能聚集成爲小團體。該說是適應力好呢？還是說女孩子天生就善於演戲？

□

食堂另一端，渾然不知自己被校花們當作嘲笑話題的柴田純總算有驚無險地吃完午飯。下午沒課，但要把所有家當搬到宿舍去。晚上還要到森崎教授的宿舍去幫忙整理講義以及行李。不知道爲什麼森崎教授搬離了之前的房子，也搬進了教職員宿舍，跟學生宿舍大約只有三公尺不到的棟距。就這幾天在研究室和三浦小姐交接時得到的情報來看，似乎森崎教授的前妻向他索討那棟房子。

森崎教授竟然曾經結過婚……眞是不可思議。柴田心想。對於他們這種人來說，和別人肢體碰觸已經是痛苦不已，何況還得要共同生活，同床共枕。森崎教授在家裡是不是會和妻子保持距離呢？還是能夠像一般正常人那樣抱著妻子和狗看電視，然後不停地接收妻子身上傳來的所有黑暗畫面？眞是無法想像。柴田感覺諷刺，其實，也沒有什麼。自己不也有陣子跑去援交了嗎？每個觸碰到她身體的男人，心裡最黑暗痛苦的畫面就像潮水似的吞噬了她。

幸好，終於有天她決定停止折磨自己。即使再怎麼自殘，也無法讓上天取消這種能力。既然會跟著她一生，那麼，就得學著好好與這種能力相處。其實是十分簡單的道理，但她卻花了近一年的時間才眞正理解，才學會接受。久而久之，她學會了，不要跟任何人有接觸，這樣就可以好好活下去。在發現森崎教授和自己一樣之前，柴田一直覺得懷抱著秘密到死，也不是壞事。

羽衣大學的宿舍十分寬敞。柴田被分配到新蓋好的宿舍，是套房，空間很大，附有一張大書桌、實木衣櫃以及同樣的床組。同層其他室友只有三人，都是研究所學生。柴田在充滿陽光的午後很快地整理完自己那爲數不多的行李，她看了看時鐘，突然覺得不該在晚上過去森崎教授的房間。再怎麼說都不妥當的樣子，還是在白天時去整理比較好。她小心翼翼地把森崎交給她的兩把鑰匙和自己的鑰匙串在一起，突然覺得金屬碰撞的聲音聽起來很清脆。

心情還不錯嘛，柴田不自主地露出微笑。

但是當她來到教職員宿舍，森崎教授的房間時，才發現自己似乎笨得可以，竟然沒發覺房裡有客人，就這麼擅自用鑰匙開了門。森崎教授倒是不覺得被打擾，他一向沒什麼表情，只是向柴田招招手，要她過去。在房間的一角，有個類似客廳的小和室，上面坐著一名看起來十分眼熟的美女，年紀大約三十出頭，黑色的過肩長髮打理成極有教養的款式，身上也是名牌套裝，美麗的臉卻缺乏生氣，大大的眼睛似乎有點空洞。

「這是我的助理，柴田。這是我前妻，小松。」

森崎毫不在意地介紹兩人認識。待兩人打完招呼，便轉身領柴田到堆滿紙箱的書櫃前。

「要把書都上架嗎？」柴田問。

「嗯，第一座書架要放文學小說，從最上方開始按照作者五十音排列。不好意思，這裡就交給妳了。」森崎比了比前妻的方向，苦笑著，「我還有事得忙。」

「是，您快去吧。我來整理就可以了。」柴田恭敬地說道。

書架前的箱上都已寫好圖書分類，只要逐一拆開就可以了。森崎教授看起來是個相當一絲不苟的人啊。柴田一面把小說拿出來整理，一面想著。她盡可能把注意力集中在書堆上，但是耳邊畢竟還是會聽到森崎教授和前妻小松女士的對話。那兩個人的聲音，完全不帶一絲情感，簡直就像法庭裡互看不爽的檢察官與律師，措辭客氣萬分，但聽起來就是令人莫名感到火大。

那天，森崎看到了柴田高中時援交的過去，而柴田並沒有說出她看到了什麼。實際上，她看到了森崎與前妻所生的兒子，因交通意外過世時的畫面。畫面裡森崎想衝上前去拉住幼小的兒子，但最後他只抓到一隻淺藍色的童鞋。也許失去孩子，就是造成這對夫婦終歸分手的主因吧。想到這裡，柴田忽然明白爲什麼對小松感到眼熟。她是小松由里子，是TBS晨間新聞的主播，據聞父親是自民黨的重要人物，出身政治世家。小松由里子……看來可能是因爲工作，所以沒有改姓森崎，沒想到離婚時反倒樂得輕鬆。小松由里子本人比電視上更美，但那張沒有笑容的臉，實在令人感到不舒服。

「……你往後有什麼打算？」小松由里子就連說話也像在報導新聞。

「沒有什麼特別的打算。」森崎教授的回答倒是挺乾脆。

「如果要再婚的話，請記得通知我一聲。」柴田並不知道，小松由里子一面說著這句話，一面意有所指地看著柴田的背影。

「妳也一樣。」森崎淡淡地說。

「……住在這裡，不會嫌空間太小嗎？」

「不，一點都不會。」

雖然那對話聽起來像是兩個木頭人在朗讀台詞，但柴田的注意力還是被吸引住了。小松由里子的聲音很悅耳，即使僵硬，也因爲那訓練有素的咬字和聲調而令人感到充滿專業。

「令尊大人還好嗎？」森崎問道。

「很好，家母和波赫士也都很好。」

「波赫士也很好啊，眞不錯。」森崎的聲音裡露出一絲戲謔。

「是的，波赫士很好。」

光聽小松由里子的聲音，就可以感覺到她用盡全力把背挺直，像是參加某種修行課程似地，似乎一秒都不能鬆懈。柴田心想，這兩人當初眞是戀愛結婚的嗎？還是失去兒子，可以讓兩個原本相愛的人變得異樣陌生，宛如敵軍般對峙？

第一箱書已經全都按照作者姓氏五十音的順序排好。柴田滿意地看著書架。這是她第一次整理書，在此之前她從沒整理過自己或別人的書堆。原來把書這樣整齊排列，似乎有助於穩定心情。說不定這是一種心理治療。柴田彎下腰，準備整理第二箱書，問題來了，書名和內文全都是漢字，看起來應該是中文書籍。中文，她並不懂。

「那個……抱歉打擾了，」柴田走向兩人，恭敬地鞠躬，「教授，第二箱是中文書的樣子，請問該怎麼整理？」

「啊，是中文書啊，嗯……同樣作者的放在一起，從最上方開始，筆劃少的開始排列好了。即使不知道讀音，但是算筆劃應該沒問題吧？」森崎微笑。

柴田依舊像個傭人似地點頭，「是的，我知道了。打擾兩位談話深感抱歉。」她離去時只差沒說「我告退了」。

「嗯咳，我也該走了。」小松由里子從和室榻榻米上站起來，謹慎地拉平微縐的裙襬。她冷淡地看向森崎，「以後通訊地址就改爲這裡，對吧？」

「嗯。要送妳出去嗎？」

「當然不用。」小松由里子走向柴田，禮貌地打了招呼，「我先告辭了。」

「啊，您慢走。」柴田手上還抱著一堆書。

小松由里子在房間入口穿上高跟鞋，拎著價值昂貴的路易威登手提包蹬蹬蹬地離去，看起來就像連續劇裡的女演員。美麗高貴但充滿距離感。不過，也許新聞主播本來就是那樣的吧。柴田被甩門聲嚇了一跳，最後這瞬間的粗魯有點破壞小松由里子的美感，柴田不自覺地感到可惜。

森崎聽到砰的甩門聲後，無奈地嘆了口氣。她還是一樣，老是以爲自己甩門的姿勢十分具有戲劇性。由里子沒有改變，一點都沒有。但是，不知道這是好還是壞。自己呢，自己似乎也還在原地踏步吧，未來的十年、二十年，恐怕也會繼續這樣過下去。想到這裡，森崎突然看了一眼柴田。柴田也是吧，他們都沒辦法和別人共同生活，所以柴田的結局也會和自己一樣。

「對了，」森崎走到柴田身旁，「我看過妳填的履歷和基本資料了……妳的年齡好像比同學稍微大一點……」

「嗯，高校畢業之後，我工作了三年，之後才決定讀大學。」柴田回應著。

森崎發現柴田的確是個有趣的女孩子。有時看起來緊張兮兮，畏首畏尾；有時卻落落大方，侃侃而談。也許在她獲得這種討厭的能力之前，是個開朗又活潑的女孩吧。

「今天只要整理完前三座書架就可以了。」森崎說道，「第三座書架也是放中文書……要喝咖啡嗎？雖然煮出來的結果有點糟，但是咖啡豆本身是蘇門答臘的高級品。」

柴田客氣地婉拒了，「抱歉，喝了咖啡就會睡不著。」

「這樣啊。」

「那個，冒昧請教您……」

「請說。」

「剛剛，我不小心聽到——眞的是無意間聽到的，不是故意——那個……請問……您和小松女士提起的『波赫士』……是那位有名的拉丁美洲文學家波赫士嗎？」

「啊，妳說那個！」森崎微笑，「我前妻娘家有三隻長毛吉娃娃，分別是以波赫士、卡爾維諾以及安伯托來命名的。」

「啊啊，全都是了不起的文學家。」柴田也笑了。

「波赫士是我前妻最喜歡的。」森崎走向放置咖啡的小型流理台，一面說道，「但是以讀者的立場來說，我更喜歡安伯托・艾可和伊塔羅・卡爾維諾。」

柴田深有同感地點點頭，她想說些什麼來表示自己也十分贊同，但還是作罷。柴田不知道該說點什麼才好，這幾天與森崎教授所說的話，已經超越她過去一年來的總量了。感覺好像一下子被掏空，她有點焦慮。

一瞬間沉默佔據了整間屋子。

正當森崎想說點什麼來化解尷尬時，微微敞開的窗戶外傳來了女孩一聲淒厲而又充滿歇斯底里的瘋狂尖叫。聲音拉得極長，略微停頓之後又再度發出。柴田被嚇了一跳，手上的中文書差點掉落，森崎的咖啡杯也猛然一晃。在寧靜校園裡的午後聽到如此慘痛的尖叫，這可是第一次。聲音好像距離不遠，森崎放下咖啡杯，走到窗邊往樓下張望。樓下種植著不知名的矮樹欉，和隔壁學生宿舍間的青色石板地上有幾灘深色的液體潑灑痕跡，還有一名長髮的女孩跌坐在地上。尖叫應該就是她發出的。

「好像不太對勁，我去看看。」森崎轉身奪門而出。

「啊，教授，等、等一下……」柴田急忙把書放上架，也追了出去。

聽到慘叫的不只在教職員宿舍裡的森崎和柴田，同時還有一樓的宿舍管理員和學生宿舍裡的幾名學生。森崎和柴田並不是第一組抵達的人馬，最早出現的是學生宿舍的管理員石橋。

「喂喂，同學，妳沒事吧？」石橋大約六十歲，看起來就像童話故事裡會出現的善良老爺爺。他伸手輕拍坐在地上的女孩，對方似乎被什麼東西嚇到了，正在哭泣。

這時，另一名從宿舍出來看熱鬧的男生也發出怪叫，「啊！這、這是什麼?!你們快看！」他指著矮樹叢底部一灘像血的痕跡，一旁有著像是內臟的東西。

森崎轉身，鎮靜地走向前，在矮樹叢前蹲下。柴田想跟上前，但森崎揮揮手，「先別過來。」

「教授……」

森崎仔細檢視了好一會兒，臉色凝重，「應該是貓，貓的部分屍體，頭被切掉了！」

第4話

回到森崎的房間，柴田很想找張椅子坐下，但觸目所及，只有森崎的大書桌前有他的座椅。柴田想了想，只好在架高的和室邊緣稍坐。森崎晚了不到一分鐘的時間進屋，他平靜地脫去皮鞋，順手也將柴田的黑鞋整齊擺放好，拍拍手上的灰塵，走向流理台洗手。

「還是不要咖啡嗎？」森崎問。

「不用了，謝謝。」

「被嚇到了吧？」

「……有一點。」柴田感覺心臟仍怦怦在跳，「那個，是人爲的吧？」

「當然是人類幹的。」森崎不悅地說道，「腹肚看起來是被很銳利的刀子切開，頭也被切掉，內臟也被挖出來丟在一旁……太沒人性了！」

「唔呃。」光是聽，就覺得有點反胃。

森崎走向窗邊，看見校方的行政人員正圍著血跡和貓屍討論。不知道爲什麼，梶谷以緩慢的步伐出現了。這傢伙眞是愛湊熱鬧啊。

「動物……也是生命。」柴田低聲地說，「我養過貓呢。」

「喔？」

「撫摸貓咪時，什麼都感覺不到，只有溫度與柔軟的身體，很棒吧。」

森崎回頭，看著陽光斜斜照在柴田的髮絲上，形成光圈似的亮度，「嗯，聽起來很幸福。」

「會殺害貓的人，到底是怎樣的傢伙啊……」柴田揉揉眼睛，動作就像孩子似的。她緩緩站起，像是在跟自己說話似的，「今天的進度要完成第三座書架的整理。」

「啊，那個沒關係。現在應該沒有整理的心情吧。」森崎體諒地說。

「可是要按照進度完成比較好。而且，其實……我好像反應過度了。」柴田苦笑，走向書架。

森崎注視著柴田的背影，後者已經開始繼續著手整理書本。森崎走向擺放音響的櫃子，常聽的古典樂一下就充滿了整個房間。他走回窗邊，繼續看著樓下，梶谷正巧也抬頭，兩人目光相接，隨後梶谷便離開現場。

果然，幾分鐘後，梶谷就出現在森崎的房門口。

「啊，已經搬來啦！動作眞快！」梶谷爬上樓，滿頭大汗，笨拙地踢掉鞋子，相較之下就不難看出森崎在女學生之間爲何擁有極高的人氣了。

「請進。」

「您好。」柴田探頭向梶谷打了聲招呼。

「喔，這不是柴田同學嗎？」

「是，我負責整理藏書。」

「辛苦妳了。」梶谷用一種不可思議的眼光看著柴田的背影，然後四處張望著，問道：「這裡還夠住吧？以前住那麼大的房子，現在會不會受不了這種小空間？」

森崎淡淡答道：「以前住的房子雖然大，但是眞正會使用的地方其實也非常少。」

「由里子在回去前有來見過我。」梶谷像是透露什麼重大消息似地，故意壓低聲音說道，「她還是挺在意你的。」

「嗯，這樣啊。」

「不過，她對她有點感冒。」

「什麼？誰對誰？」

梶谷用大拇指比著柴田。「所以她不是很高興。」

「什麼嘛，我們又不是那種關係。」森崎皺眉。

「可是女人的直覺有時很準，不是嗎？她覺得，你和『那位』之間有著不尋常的關係。」

不尋常？森崎看了眼努力工作的柴田，要說不尋常也的確是不尋常，可是那絕對跟什麼男女關係不同啊。

「……反正，都離婚了，不是嗎？」

「還是要小心點，老師跟學生在這所學校是不被允許的。」

「你這傢伙——」森崎覺得眞是無辜又無奈，「總之不是那樣。還有，拜託你小聲點！」

「喔呵，哈哈，」梶谷尷尬一笑。

「對了，樓下那個貓的屍體是怎麼一回事？你怎麼也跑來關心了？」森崎決定換個話題。

「說到那個，其實已經困擾我很久了。」梶谷抓抓頭，「其實，從前陣子開始，我們理工學術院大樓和實驗室附近，就出現過貓的屍體。被剝掉皮的，用錐子之類的東西刺進眼睛裡的，把耳朵剪掉一半的，總之各式各樣什麼都有……噁心到了極點。沒想到這次丟棄屍體的範圍還來到宿舍附近，眞是糟糕透頂。怎麼會有人這麼變態呢？」

「連續殺貓案件……是吧？」

「是啊，丟棄貓的屍體比丟棄人類的屍體容易多了，不容易被發現，當然也很難引起別人注意。不知道是不是學生幹的，受不了。」梶谷露出嫌惡的表情。

「目前發現有多少具貓屍？」森崎不禁好奇。

梶谷想了想，「我印象中有七隻吧……可是在更久更久之前也有過，不知道是不是同個人幹的。唁，眞是的。」梶谷的手機響起，他從西裝背心的口袋裡掏出電話，「喂喂，是啊，我是。嗯……」

看來一時半刻結束不了，梶谷起身離開，向森崎揮了揮手示意，快步走向玄關，一面把腳塞進高級牛津皮鞋裡，一面嘟囔著回應對方。

森崎送梶谷走出房間，把房門輕輕關上。他想著。有像柴田一樣愛貓的人，但也有像虐貓犯那樣變態的傢伙。人性果然充滿奧妙。貓這種動物啊……嗯，完全不了解。

「那個……」森崎走近柴田，「柴田同學以前養過貓？」

原本專注的柴田似乎被嚇了一跳，用充滿驚訝的表情回頭，「嗯，是的。」

「貓……可愛嗎？」

「嗯嗯，非常非常可愛唷。」柴田說道，「不管是圓圓的眼睛還是靈敏的爪子，都非常可愛。唉……牠們其實很弱小，不知道那些虐貓的人，心裡到底是怎麼想的。貓這種動物很有意思，搞不懂小小的腦袋裡在想什麼，有時好像牠們什麼都知道，有時又天眞無辜。」

森崎心想，這麼說，柴田也有幾分像貓。

「那麼，現在爲什麼不養貓了呢？」

「之前的貓過世時，我非常難過，不想再經歷過一次那樣的傷痛。」柴田的動作頓了一下，「好像世界上唯一了解我的人死掉了，從此之後就眞的是孤單一人，大概就是那種感覺。」

「嗯，原來如此。」森崎若有所思地點頭。

孤單一人的感覺。這種感覺佔據了森崎生命裡的每一處，就像水流似地滲透了縫隙，塡滿了所有空間。突然間森崎想起和由里子結婚時的畫面，由里子勾著他的手，他感到由里子的不安和焦慮。「我眞的能幸福嗎？父親是如此地反對，只是爲了面子不得不妥協。我眞的愛這男人到可以共度一生的地步嗎？」不只如此，當醫生宣佈他們的孩子已經失去生命跡象時，他雙手緊緊抱著由里子，那時由里子的恐慌情緒更令他永遠難忘。「死了？我的孩子死了嗎？怎麼會這樣呢？死掉了……我的兒子死掉了呢！這是開玩笑，惡作劇！他們不可以在我兒子的身上蓋白布。

不對，不是，不可以！那孩子無力地垂著頭，他的身體，他的身體還有溫度不是嗎？」森崎知道，自己是孤單一人的。一個人。想要和一般人那樣組成家庭，過著普通的日子，那是不可能的。由里子和死去的孩子是因爲自己的貪念才發生不幸。以後不能再奢求，只能認清現實，自己永遠是孤單的，一個人，這樣才不會導致他人的痛苦。

「呼！今日進度達成！」柴田拍了拍手，滿意地看著宛如圖書室般的書櫃們。

森崎拋下那些想法，看著書架，「嗯，做得非常好。」

「還有什麼要做的嗎？」柴田恭敬地問。

森崎想了想，看看四周，「應該就這樣了吧。今天辛苦妳了。」

「不，這是我份內之事。」

森崎看看錶，「要一起吃飯嗎？」

「啊？」

「不要太在意，這只是很普通的邀約。」森崎在看到柴田的表情之後方覺得自己眞是唐突。前一位助理三浦小姐常常吵著要森崎請客，後來森崎也會主動請三浦一起喝杯茶什麼的。

「嗯，如果不是很貴的餐廳，應該是可以的。」柴田想了想。

「爲了感謝妳的幫忙，晚餐我請客吧。」

「不，這怎麼可以呢？我已經領了助理的薪水……」

結果，直到兩人穿上外套，花了二十分鐘從宿舍走到家庭餐廳爲止，這場爭論一直沒有獲勝的一方。

□

乙羽泰彥一手在牆上摸索著，花了幾秒才找到電燈開關。不知道爲什麼，他最近開始有點怕黑。他覺得不可思議。像自己這樣的天才，這麼了不起的人物，竟然會對黑暗產生恐懼——這是在開玩笑吧?!

乙羽把超市買回來的各種日用品放在桌上，他打開水龍頭，用骯髒的杯子喝了杯水，然後踏上架高的和室地板。在房間的角落，有一個老舊的紙箱，散發出難聞的臭味。紙箱裡有一隻橘白相間的小貓，貓的鬍子被拔光，嘴巴用膠帶仔細封住，只留下可以呼吸的鼻頭，但仔細一看，鼻頭也有被菸燙過的痕跡。小貓的前腳也被膠帶綑在一起，牠只能倒臥在紙箱中，紙箱裡是臭氣熏天的排泄物，底層鋪著報紙。

「蜜柑，蜜柑。」乙羽用甜膩的聲音呼喚著這頭被殘害的可憐小貓，他眼神充滿了柔情和令人作嘔的興奮。

小貓無力地掙扎了一下。

乙羽打開筆記型電腦，他有個專門記錄虐貓細節的部落格。目前並沒有開放的打算，這純粹是他的隱私，是他最私人的嗜好，沒必要跟別人分享。何況，他還沒無聊到想被抓去吃牢飯——雖然警方可能根本沒時間理會像他這種不是以人類爲犯罪目標的傢伙。

跳出的視窗顯示：「您有新郵件」。

是小貓蜜柑原來的主人，他們希望能看看蜜柑來到東京之後的現況，這已經是第三封來信了，他們的語氣變得緊張焦慮，開始擔心蜜柑是不是發生了什麼事。乙羽面無表情地回信，謊稱蜜柑被女友帶走，過兩天就會拍照片傳送給他們。反正，這件事最後一定不了了之。再怎樣喜歡這頭小貓，也不可能會有什麼實際行動的，人類只在意自己，才不管其他動物的死活。而且，人類──特別是像自己這樣至高無上的人類──本來就擁有主宰萬物生死的權力。

乙羽關掉了郵件軟體，他重新回到自己的部落格，新上傳了許多蜜柑被凌虐的照片，他一面記錄著自己無比熱烈興奮的情緒，一面盤算著接下來該玩些什麼新花樣。天才的創意應該是無窮無盡的……是吧？乙羽看看房間四周，目光停留在被塑膠包覆住的鐵絲衣架上。

他很快地起身，把一只扔在地板上的衣架拿到小桌上，在筆盒裡摸出一把小刀，把塑膠割開，露出金屬部分。乙羽跳下和室，衝向流理台，打開了瓦斯爐，將衣架的金屬部分用火燒得通紅之後，再以飛快的速度衝向紙箱，抓起奄奄一息的小貓，將燒紅的鐵絲戳入牠的肛門。小貓瘋狂掙扎，卻因嘴巴被封住而無法發出叫聲求救……

「來拍張照吧～」乙羽再度用溫柔萬分的聲音對著被他甩到地上，濺出點點鮮血的可憐小貓說道，「先來拍一張傷口剛受傷的照片，過兩天再來拍傷口嚴重化膿的照片吧！」

乙羽準備好相機後，將鐵絲從小貓身體中拉出，除了鮮血之外，同時還帶出了一截粉色的小腸。他十分欣喜，用手把腸子再多拉出一些，這才開始拍照。

□

在羽衣大學附近的家庭餐廳裡，有許多學生正在用餐。森崎和柴田一起走進店裡，馬上就引來某些關注的目光。森崎對柴田感到不好意思，恐怕會因爲自己而讓柴田被當成謠言主角。幸而柴田好像完全沒有感覺。森崎選了角落座位，但是顯眼的人還是顯眼，不太可能有所改變。

點完餐之後，森崎決定學習柴田那毫無知覺（？）的個性和態度，不去理會那些向他投射過來的目光。同時他也感到訝異，自己眞有教過這麼多學生嗎？其實這些學生的臉，他完全記不得啊。然而事情並非就這樣告一段落，在對角處有三名女孩臉上透著下了什麼決心似的表情，往森崎和柴田走了過來。

「森崎教授您好。」其中長得最像娃娃的少女露出一看就覺得漂白過的牙齒，微笑道，「您好，在這裡遇見您眞巧。」

「是啊，喔呵呵呵～」第二位少女也長得很像娃娃。

「這不是柴田同學嗎？」第三位像是視覺系樂團主唱的少女，一手拍向柴田肩上。

「啊，染谷同學、磯村同學……還有梅宮同學。」柴田揉揉眼睛，好像這三人身上發出了什麼不得了的光芒。

「妳們也是來吃晚飯的嗎？」森崎嗅到三名女孩身上不同的香水味，混雜之後就像劣質的浴廁空氣清新劑，令人聯想到那是爲了掩蓋惡臭才不得不使用的味道。

「我們一起研究東方哲學的功課呢～」梅宮眞琴拉長了尾音，不只長相不眞實，聲音也很像動畫裡的配音。

「是嗎？辛苦了。」森崎卻想不起來在課堂上見過這三名學生。

經過一陣客氣但無聊的對話之後，送餐來的服務生可以說解救了森崎和柴田，梅宮她們總算不得不離開。一面把餐巾紙打開，森崎一面覺得疲倦。

「剛剛那三位，是東方哲學課的學生嗎？」森崎問。

柴田點點頭，「我記得除了東方哲學外，她們也有上您的理則學課程。」

「……這樣啊，可是對她們完全沒有印象。」森崎放棄了，不再多想。

「您對學生大概都沒有什麼特別印象吧。」

「不，也不是這樣。」森崎心想，對於柴田倒是印象很深刻，老是遲到加上跌倒，還有那怪異的穿著，想不記住都很難。

柴田沒去理會森崎正看著自己沉思，她一直不喜歡動腦思考。有些事並不是思考就能獲得答案，另外有些事，即使因思考而獲得答案，也不見得對現實有所幫助。現在的柴田是靠著本能活下來的，她想放棄一切，所有的意識。她不知道森崎是否也看穿了這點，不過，她已經不打算去想了。

這頓晚餐起初有點沉默，森崎和柴田都不是多話的人，但也許是因爲某個共同點，使兩人的隔閡很快就化解，開始閒聊起來。

「那個……您都不會好奇，那天我在您身上看到了什麼嗎？」柴田忽然想起。

森崎搖頭，苦笑，「一定是很糟的事，不會是好事的。」

「嗯……的確如此……是令人難過傷心的事沒錯。」

「我想想，妳……看到了跟孩子有關的畫面？」森崎保持平靜地問。

「是的。」柴田一說，便覺得懊悔，「對不起，不應該提的。」

「現在想起來，的確還是會難過。可是，已經不那麼痛了。」森崎說道，「我的童年過得很可怕，妳可以想像吧？所以我也會擔心，自己的孩子會不會繼承這種血統。」

柴田非常能理解，「我完全明白。雖然知道這輩子會孤單一人，但仍會提醒自己，不可以生下孩子，萬一這會遺傳，那就完了。」

森崎點頭。柴田和自己果然是一樣的，是同類。這種感覺帶來一絲奇妙的溫暖，雖然仍是孤單一人，但似乎又不再那麼孤單了。

柴田喝著加了許多牛奶和糖的紅茶，手捧著杯子，微笑地說：「我喜歡甜甜的，有牛奶味的紅茶。其實，這種東西是不是應該叫做奶茶才對呢？」

森崎溫柔地笑著，「妳可以繼續叫它『甜甜的，有牛奶味的紅茶』。」

柴田似乎很高興森崎沒有嚴厲地糾正自己，繼續以幸福的表情喝著應該被稱爲奶茶的飲料。

「柴田同學……」

「嗯？」

「不，沒什麼，沒什麼。」

森崎忘了自己想說什麼，應該不是什麼重要的話吧，他想。只是覺得，很久沒有這麼放鬆地和別人共進晚餐了。平常總是一個人在研究室或家裡吃個超商便當解決；雖然有時和三浦小姐以及她的男友一起吃飯，也是緊繃神經。若是被迫參加學校同事們的聚會，森崎總是默默地窩在角落喝酒，不太說話，在那種場合，他最怕有同事喝醉了衝上前猛拍他的肩膀。拜這種行爲所賜，他得知了校長秘書是個雙性戀，和某位體育老師有一腿之類的糟糕秘聞；還有某位教授借了大約兩千萬圓的高利貸去賭馬什麼的。不過，跟柴田在一起，好像不再需要戴起冰冷的面具，不用辛苦地維持秘密……說不定，柴田也是這樣想吧。應該吧。

第5話

板倉有紀把外套的領口盡可能地拉高。雖然圍著圍巾，迎面冷風卻讓她十分難受。她提著一大袋貓罐頭，快步地往回家方向前進。最近學校附近一直傳出虐貓的事件，一想到就覺得變態噁心。

隨著那種令人不舒服的念頭而來的是前男友泰彥的臉。泰彥很討厭貓。每當泰彥看著自己的愛貓阿玉，就覺得那眼神看起來好討厭。泰彥似乎用眼睛對阿玉說話，「等著吧，總有一天我會親手宰了妳這可惡的小雜種。」板倉嘆了口氣，不知道自己是不是史上第一個因爲貓而拋棄男友的人。不過，雖然這種情況不多，但自己應該不至於是史上第一人吧。

袋子裡的貓罐頭發出碰撞的微弱聲響。

一向人來人往的街道，今天不知爲什麼沒有半個人影。路燈好像也變得比往常黯淡，夜比平日更黑。經過了轉角的便利商店後，這種情況更嚴重，沿途上沒有一家商店營業；板倉抬頭看看天空，也沒有月亮。傍晚曾下過雨，這時的地面仍滲著潮濕的氣息，水漬在柏油路面上反射出黑色光點。板倉最後不得不跑起來，她總覺得有人在背後看著自己。她不敢回頭，只好抱著那袋貓罐頭匆匆地邁開腳步，往租屋處衝去。雖然沒聽到什麼跟蹤者的腳步聲，

「呼呼……」

好不容易到了一樓大門前，板倉卻因找不到鑰匙而焦急起來，一樓門廳的燈光照在玻璃門上，板倉花了大約快兩分鐘的時間才從外套口袋摸到鑰匙。衝進大門，反手把厚重的玻璃門關上後，板倉這才喘了一口氣，感到安心。左手因爲提著沉重

的罐頭所以指節有點發紅，她無奈地換手，然後慢慢走向樓梯。

「我回來了。」板倉習慣性地在開門時向貓咪打招呼。當然，貓咪是不會回應的，最多就是伸個懶腰，換個姿勢罷了。

「妳回來了。」

咚一聲，裝著罐頭的袋子就這麼掉在地上。

這聲音是……

板倉還來不及反應，就感到有柄尖銳的物品正抵住自己的後腰。她一手扶著牆，按下電燈開關，感覺心臟就要撞破胸口跳出。這時，那柄疑似尖刀的物品突然消失了。

「嚇到了嗎？」說話的人是乙羽泰彥。他躲在流理台旁不知道多久了。

板倉臉色慘白，根本說不出話，她深吸了一口氣，定睛看著乙羽幾秒，然後用力關上房門，蹲下把散落在地上的貓罐頭一一撿起。一面撿拾那些罐頭，板倉一面試著鎮靜下來。

乙羽把銀亮的刀拋上拋下，逕自走上和室，隨便席地而坐。「最近好嗎？」

板倉慢慢站直身體，瞪著乙羽，「你這是非法入侵。」

「非法入侵？我只是來拜訪前女友而已啊。」

「你、你複製了我房間的鑰匙，對吧？」板倉把貓罐頭放在桌上，警覺地看著四周，「你來多久了？阿玉呢？」

「喂，妳是不是瘋了，難道我會把那隻蠢貓怎麼樣嗎？」乙羽不滿地叫道，「貓有什麼了不起的？妳很奇怪！」

這時，在房間一角的貓窩裡，爬出一隻漆黑的大貓。雖然是母貓，但體形相當大，並不肥胖，看起來十分結實。這是板倉有紀的愛貓阿玉，牠有雙非常明亮的灰綠色眼睛。阿玉走出貓窩，爪子深陷榻榻米，身體往後伸了個懶腰，接著坐下，用前腳洗臉，摩擦著自己的鬍鬚。

「阿玉，過來。」

大概是察覺到板倉聲音裡的緊迫感，阿玉緩緩停下了洗臉的動作，發出低低的喵聲，經過乙羽的身邊，往板倉的方向走去。

「……好大的貓。」

乙羽的聲音十分冰冷，他注視著毛皮黑亮的阿玉，腦海裡充滿著各式各樣恐怖想像。他要先在阿玉肚子上劃一刀，不太深的一刀，不會完全割破腹部，然後他要用腳，往這隻黑貓的肚子重重踩上去。一定會有「噗嗤」的聲音，然後內臟和鮮血就從刀傷的口子迸裂四散。

彷彿能洞悉人心似的，黑貓阿玉灰綠色的瞳孔變得充滿敵意。

「你到底想要做什麼？」板倉瞪著乙羽。

「我只是想念妳，所以來探望、來問候妳呀。」

「……我說過我們結束了。」

「那是妳單方面的想法。」

「泰彥，我們不適合，不能勉強。」

「哪裡不適合？因爲我不喜歡養貓，所以不適合嗎？」

板倉悶哼了一聲，抱起阿玉，低聲說道：「我知道你對貓咪做過什麼事。」

「什麼？我會對貓咪做些什麼？」

「你去領養貓，然後把牠們弄死。」板倉忍不住反胃的感覺，「學校裡老是發現貓的屍體，是你幹的吧？」

乙羽滿不在乎，「沒有證據就不要亂說。」

「怎麼會沒有證據？你的電腦裡全都是證據！」

「所以呢？」乙羽從和室上站起，注視緊緊抱著黑貓的板倉。板倉還是那麼可愛。那充滿反抗和純潔的眼神就像小貓一樣。

「請你別再這麼做了。泰彥，你，你應該去看醫生，去治療，這是一種病，去治療就會康復……」板倉的聲音到後來已經發顫，她不知道爲什麼今天如此害怕，乙羽泰彥的身上好像散發著一種怪異又具有殺傷力的氣息。

乙羽繼續玩著手中的短刀，「喂，妳一直站在那裡幹嘛？看起來妳才像客人。過來呀。」

「不要。」板倉盯著那把散發冰冷銀光的短刀，半晌，「請你離開。」

「妳說什麼？」

「請你離開。」

「有紀啊，妳是不是搞不清楚狀況？我可從來沒說過要分手喔。」

「可是，可是我不想再跟你交往了。」板倉把臉藏在黑貓的身體後。

乙羽的神情說不出的怪異。不知道是憤怒還是痛苦，抑或怨恨，他翻翻白眼，向板倉招手。板倉用力搖頭，她放下了貓，往後退，想要更靠近門。

乙羽吞了口口水，聲音沙啞，「爲什麼要那種表情？以前我們在一起時，不是非常開心嗎？」

「對不起，我……我眞的沒辦法再繼續下去。是我不對，請原諒我，你……你就忘了我吧……你還會遇到更好的女孩……」

「可是，我只想要妳，有紀。妳不知道我多喜歡妳，妳就像……嗯……對了，就像貓一樣。」乙羽將手上把玩的刀隨便一扔，表現出善意，然後往板倉的方向移動。

板倉緊緊縮著肩膀，她想要逃，背部慢慢靠近門，緊緊貼著門。乙羽靜靜地看看板倉，接著轉頭看著被主人放在餐桌上的黑貓阿玉。阿玉蟄伏著，圓亮的雙眼緊盯著對峙中的兩人。

乙羽還是快了一步。

即使指尖已經按下了水平鎖，門也因此彈開，但還是來不及。板倉因緊貼著門，隨著門向外彈開而往後一跌，但乙羽緊緊抓住她的腳踝，在她發出第一聲尖叫時，乙羽拎起板倉剛買回家的那袋沉重罐頭當作武器，重重往她的臉上擂去。乙羽壓制著板倉，用那袋貓罐頭痛擊板倉的臉，直到她完全昏迷，失去行動能力爲止。

確認板倉已經無法行動後，乙羽起身把門關好，他神情自若，一點也不擔心，不緊張。他告訴自己，這沒有什麼，只要把板倉當作一隻體形較大的貓就可以了，別把她當人看。乙羽把整張臉已血肉模糊的板倉拖上和室，從她的抽屜中找出絲襪，將板倉緊緊綁在和室矮桌上。接著，乙羽快速地把自己所有衣服全都脫下，仔細地放進櫃子裡。

「我眞是不懂。怎麼會爲了貓而跟我分手呢？就算我虐待貓又怎麼樣？不可以嗎？人明明就比貓更高等，人類是最高等的……可是妳居然爲了低等的生物，向我提出分手，這樣不對，妳的意識和思想有問題。」乙羽一面把板倉固定、綁好，一面教訓似地說道，「要搞清楚，我們是主人，貓是寵物。寵物的作用是帶給主人歡樂，不是嗎？只要看著那些貓痛苦掙扎的神情，我就充滿了幸福感，這就是寵物的作用。」

乙羽把之前丟棄的短刀找回，用短刀劃破板倉的衣服，一件件，一層層。在角落的唯一目擊者，黑貓阿玉，牠那雙灰綠色的眼睛瞪著從板倉身體逐漸流淌到榻榻米上的鮮血，牠無聲息地靠近榻榻米，伸出舌頭舔舐著腥臭的血漬。奪去主人性命的兇手沒有注意到，黑貓阿玉那雙灰綠色的瞳孔變得愈來愈紅。阿玉擺動著蓬鬆的尾巴，越過乙羽和板倉，往房間另一頭的落地窗走去，用前腳把紗窗撥開縫隙，腳步輕快的阿玉在乙羽想要抓住牠之前，就這樣往下一跳。

□

柴田在學生食堂呼嚕嚕地吃著便宜的拉麵。實際上她的生活沒什麼改變，除了稍微忙碌一點，以及增加許多咖啡相關知識、學會幾個中文字之外，大體而言似乎和以前差不多。

森崎教授私下沒那麼神秘，也還算滿健談。跟以往他表現出來的形象倒是完全不同。但這些柴田並不在意，她總是喜歡讓自己的腦袋保持一定程度的空白，只要能維持基本生活就可以了，她認爲大腦不需要去進行一些多餘的運作。

原本這應該是個普通的午餐時段，相信在食堂裡的所有學生以及工作人員都這麼想著。柴田也不例外。直到某個揹著沉重背包，高瘦斯文的男生端著午餐在柴田身邊坐下，由於放置背包而不小心觸碰到柴田時，柴田才忍不住像觸電似地尖叫起來，並且還打翻了自己的拉麵。

對方很客氣地道歉，從他的神情可以看出，他完全不知道自己對柴田做了什麼事——實際上他也的確什麼都沒做，只是在狹小的空間裡，不小心讓自己的手臂碰觸到了柴田的手臂而已。他以爲柴田被自己撞到了，所以才把麵灑了一身。

「對不起，對不起！妳沒事吧？」

「不，不。」柴田臉色鐵青，不敢看對方，「沒有，沒事。」

「是我撞到妳了對吧？眞的是非常抱歉。」

「不……不，不是的……」

柴田笨手笨腳地從包包裡拿出紙巾，努力地清理現場，對方也幫忙著，並且向柴田投出善意的微笑。柴田一抬眼看到他的笑容，便覺得渾身發毛，難過得不得了。她看到了，即使只是一剎那的觸碰，她也都看到了。好痛苦！那種強烈的衝擊讓柴田根本無法呼吸。

「妳被嚇到了吧？還好嗎？」那男生也有點手足無措。

「……對不起。」柴田不知道該說什麼，隨便端著托盤便轉身逃走。

當然，在附近的眾人也只意識到這是因爲擁擠而發生的小意外，但是幾乎是用跑步離開食堂的柴田，心卻怦怦跳個不停。她看過很多很多黑暗的心靈，很多很多骯髒的畫面，但如此殘酷的心靈卻是第一次！而且——該死，她不能憑著這種能力而去報警。

柴田在校園裡奔跑著，當她意識到自己在哪裡時，手上的鑰匙已經轉動著，門鎖就這樣被打開。

「……是柴田嗎？」

森崎教授走了出來。他馬上警覺到事態嚴重，伸手抓住柴田的衣袖，把柴田拉進宿舍裡，關上了門。

「我去倒杯水給妳。」森崎把柴田拉到和室，讓她在和室邊坐下。

柴田的雙眼直視半空中的某個點，她的臉蒼白中又透著因跑步而造成的潮紅，形成一種像面具似的怪異色澤。清爽的黑髮被風吹得十分凌亂，大衣上還有拉麵麵湯造成的污漬，看起來就像因爲缺錢而去拉麵店搶劫，但反而被店員制伏的慘狀。

森崎把杯子放在柴田身邊，他拉了張椅子，在柴田面前坐下，注視著柴田，等著柴田情緒平復。森崎雖然不知道發生了什麼事，但他猜測，柴田可能不小心和某人有所接觸，因此看到了關於那人的黑暗過去，而那人的黑暗過去想必令柴田十分恐懼。

不知道過了多久，柴田突然感到手心一陣微疼。她緊握著森崎房間的鑰匙，指甲因而陷進掌心裡。她本能地鬆開手，隨之大大地喘了口氣。

「好點了嗎？」森崎關切地問。

「我，我覺得快要不能呼吸了。」柴田捂著胸口。

「發生了什麼事？」

「在學生食堂，有，有個男生碰撞到我……」柴田的眼神瞬間變得驚恐萬分，「那人虐殺了好多好多貓，而且……他還殺了人！」

「什麼……」森崎感到背部一陣寒意，「妳說清楚一點，妳看到了嗎？那個男生眞的殺了人？」

「他殺了一個女孩子，把她的身體切開……不，不……」柴田雙手掩面，瑟縮著。

森崎伸手輕觸柴田顫抖不已的肩膀，然後深深吸了一口氣。他看到了柴田在食堂發生的事，但關於那男生的畫面卻很模糊，接著是一連串急速晃動，毫不清晰的畫面，似乎是壞軌的**DVD**，但隱約可以感受到那些畫面裡都在進行某些血腥的事。森崎感到柴田傳來的強烈恐懼與激動，他想安慰柴田，但自己的心也很快被柴田那如潮湧來的驚慌影響，變得脆弱痛苦。

……殺人者，那是殺人者。在柴田心裡吶喊尖叫的聲音也傳到了森崎心中，而森崎心裡的不安與擔憂也回傳到了柴田。這是種被詛咒的能力，因爲他們只能看見人們心中最黑暗的部分，幾乎無法看見幸福或甜美的回憶。

森崎放在柴田肩上的手不知不覺開始用力。

□

一大早就不顧禁菸標誌，在辦公室裡猛吸菸的九条，一面叼著菸，一面用布仔細地擦亮黑色皮鞋。關於九条綾乃[1]這號人物能夠順利找到結婚對象的事，所有人都覺得那是比懸案還難解數百倍的謎。更何況她的老公竟然還是比她年輕六歲，能力高超，完全就是偶像明星般的有馬特別搜查官。

就在上星期，九条正式成為警部，她一直很好奇，升職之後的第一樁案件會是什麼。在她把皮鞋擦得閃亮亮時，桌上的電話不安分地響起。

九条警部，被指派負責剛剛成立的羽衣大學殺人事件特別搜查本部。

她掛上電話，吹了聲口哨。

羽衣大學的現任校長是宮木正和吧，眞想不到，竟然還有重逢的一天。

[1] 請參閱《奪面兇靈》、《養鬼》、《亡靈新娘》以及《死水》，以上均由春天出版。

第6話

「……被害人是現年二十一歲的羽衣大學在校生板倉有紀。」九条咳了一聲，「已經缺席了三天，昨天晚上十點二十六分左右她的同學寺田朋子由於擔心，所以請公寓房東來開門，發現被害者陳屍在房內。死狀嘛，請大家參考現場照片。對了，大家都有自備手帕吧？嗯，板倉有紀出生於岩手縣一關市赤荻區，前年上京入學，是家裡的次女，姊姊已經結婚，住在千葉縣，父母都還健在，父親經營農產品批發，母親是家庭主婦，另外有個弟弟在讀高中。」

「赤荻是以農業爲主的鄉下吧？」搜查本部的成員之一問道。

「嗯，是農村沒錯。不過板倉家的經濟狀況不錯，在當地擁有大筆土地，而且板倉有紀的父親是個成功的商人，她可不是窮人家女兒。」

「哇，這是什麼？」傳閱中的現場照片果然引發一陣怪叫。

「死者臉部受到鈍器之類的東西重擊，腹部被利刃切開，兇手用刀猛刺了好一陣子吧。目前還在驗屍中，實際狀況要等報告出來才知道。不過，看來兇手好像時間十分充裕的樣子。」九条說道。

「變態，眞的是。」成員們大搖其頭。

「這種殘忍的手法很少見，看來是位專業的對手，不要掉以輕心，完成分組之後就各自展開行動。」

這是九条第一次成爲特別搜查小組負責人，以往她只負責叼根沒點著的菸，窩在特搜小組的角落等待命令。這次不同了，她現在得主動出擊。不能一邊叼著菸一邊說話，感覺很不習慣。九条在心裡嘮叨著。而且，待會兒要親自到羽衣大學一趟……跟舊情人會面的理由竟然是一具女大學生的屍體，眞夠糟糕的了。

在羽衣大學校長室裡等候著九条的並非只有宮木一人。還有另外兩位教授。這兩人也都因宮木之故認識九条，因此當秘書推開厚重木門，請九条進入校長室時，她感受到的驚訝目光是預估的三倍之多。

「哎呀！」梶谷發出誇張的叫聲，「這、這不是小綾嗎？」他還沿用多年前的稱呼，讓九条不禁想笑，有點慶幸自己讓另一位同行的警部去盤問校長的秘書，沒跟著進來。

「眞是沒想到，我以爲只會見到秋山，不，宮木校長……沒想到竟然還能碰見梶谷君和森崎君……如果霧島君也在的話，那就可以舉辦同學會了。」九条打量著宮木。

宮木和當年幾乎沒什麼改變，當然，身爲校長的他看起來成熟穩重，不過在十幾年前，他也就是那樣了……前額變高了一點，身材大約胖了兩三公斤，還不至於變形。他的臉上掛著驚訝與不安的苦笑。看來宮木不知道自己就是特別搜查小組的頭兒。

梶谷則成了一名不折不扣的中年大叔，挺著肚子，服裝品味看來比過去還要糟糕。她轉頭看向森崎，森崎看起來也沒什麼改變，還是長相最好看的一個，但那充滿滄桑的眼神讓九条感到他應該經歷了許多痛苦。

「快請坐吧。」宮木終於出聲了，那股聲音充滿著不安與壓抑感。不只九条，就連梶谷聽了也微微皺眉。

「我知道宮木在羽衣大學擔任校長，不過梶谷君和森崎君——」

「我們也都是羽衣大學的教授。」梶谷搶先說明，「我在理工學術院任教，森崎在文學部教哲學。」

九条點點頭，「原來是這樣。雖然很想好好聊聊，可是今天來是有任務在身……貴校的學生板倉有紀……」

宮木校長沉重地點點頭，「誰也沒想到會發生這種事。」

「我想了解死者在學校裡的活動情況，她孤身一人上京，想必會在這裡結識比較要好的同學，我們需要在這部分加強調查。」

「不過，還是希望盡可能不要引起大騷動。」宮木校長似乎鎮靜了幾分，「特別是板倉同學死亡的細節……」

九条接口道：「我們警方當然什麼都不會透露。可是發現屍體的是貴校的寺田同學，說不定她會把案發現場的慘況告訴其他人。這可不能算在我們頭上。」

她決定把宮木當作陌生人——本來嘛，當年跟她戀愛的對象可不是姓宮木啊，是秋山，秋山正和——誰會想到這傢伙竟然還入贅進了宮木財閥家，成爲繼承人。

「被害者板倉有紀的所有資料，包括選課和成績也都在這裡。」

宮木起身，把桌上的一份檔案遞給九条。他幾乎不敢正視她。九条倒不覺得尷尬，宮木的小孩應該很大了，而且自己也嫁作人婦，這樣的見面理論上不該有什麼包袱才是。不過在場的三位男士似乎都相當不自在。

稍微談了一會兒，九条要到寺田朋子的宿舍去看看，這時森崎客氣地送她走出了校長室。九条感到森崎似乎有消息要透露，於是倚著僻靜的走廊，從口袋裡掏出菸。其實九条對森崎和梶谷並不太熟，當年雖然相識，但全都是因爲宮木的關係。不過，十數年前，九条就對森崎感到好奇，她直覺認爲森崎老是在隱藏些什麼。

「森崎君的外表看起來幾乎沒有改變。」九条說著，叼起沒點的菸。

「是嗎？小綾妳也差不多。現在還單身嗎？」

「結婚了。」

森崎露出訝異的表情，「恭喜妳。」

九条笑笑，「閒聊就免了……你有事要跟我說吧？」

「嗯，我想知道一件事，案發現場……板倉同學她……她是不是四肢被綁在桌上，仰躺著？」森崎將音量壓得非常低。

九条警戒且不悅地瞪著森崎，反駁，「誰亂捏造這種事？」難道是寺田朋子多嘴，已經把案發現場的事說了出來？

森崎聞言，露出又像安心又像苦惱的表情，他尷尬萬分地搖搖手，「不是就好。」

「等等，告訴我是誰亂說話。」

森崎乾笑，「沒人。」

「那你怎麼會這麼問呢？喂，森崎君，我可不是笨蛋哪。」九条挑眉。

「不，眞的沒什麼。」森崎顯然有點後悔。

九条注視著森崎，忽然嘆了口氣，「哎呀，算了。」

「嗯？」

「坦白說，」九条把視線調離，看著空蕩的走廊，「你形容的，其實沒錯。」

「……該不會是爲了騙取我的信任才這麼說的吧？」

「要跟我到車上去嗎？給你看照片。不過，要自備嘔吐袋才行。」

「如果確實跟我說的一樣，那的確是很需要嘔吐袋。」

「哎呀，別賣關子！」九条將視線移回森崎臉上，「總之我要破案，要抓到那名變態兇手，不管你的情報來源是什麼，我都想知道！」

「毫無科學根據，完全不能拿來當作證據的情報，也想知道嗎？」

「老實告訴你，我還碰過幽靈呢！」九条正經八百，「我可沒騙你。沒什麼事是我不相信的。」

「那麼，借一步說話吧。」

九条是第一次來到羽衣大學。森崎請她到教職員宿舍稍坐，並且用手機連絡著什麼人的樣子。九条把盤問寺田朋子的事暫時擱在一旁，沒通知另一位警部便私自行動（這是九条警部一貫作風）。

宿舍區有數棟建築物，建築風格刻意營造成大正時期的洋樓，古色古香，土綠色的外牆爬滿深綠藤蔓。其中教職員宿舍是唯一外形不太方正的建物，有一面呈弧形，看起來像是樓梯間。

「我剛搬來。」森崎說明道。

「那麼之前住在哪裡呢？」

「家裡。不過那房子已經不是我的了，登記給前妻。」

時間果然過了很久，誰會想到森崎已經結婚又離婚了。像森崎這樣的美男子，婚姻也會失敗嗎？原本以爲女人都會因爲迷戀他那張臉而不肯離去。眞是難以想像。九条只覺得時光匆匆，人生難以預測。

森崎的房間位於三樓，他拿出鑰匙，打開了房門。「我回來了。」

「您回來了。」沒想到房裡有女性的聲音回應。

九条一面脫下擦得發亮的皮鞋，一面打量著從屋內匆匆跑出來迎接的女孩。應該介於女人和女孩間吧，她穿著單調的黑色毛衣和黑裙、黑褲襪，毛衣領口露出一截白襯衫領，髮形好像久未整理。要說漂亮，很難，但也絕非不漂亮。九条感到不可思議。

「這位是我的助理柴田純，這位是九条綾乃警部，也是我的老朋友。」森崎簡單地介紹兩人寒暄。

「初次見面您好……」姓柴田的女孩看起來有點緊張，恭敬有禮，「我是柴田。」

「我是九条。」

「進屋裡聊吧。柴田，麻煩妳準備茶水過來。」森崎脫下大衣，交給了柴田。

這位小姐看起來比較像傭人，而非助理。九条心想。

森崎的房間十分簡單，到處都是書。權充客廳的和室沒有任何裝飾品，就連椅墊也只有兩塊。

九条不是有耐性的人，一落坐便單刀直入，「快點告訴我，你是怎麼知道案發現場的情況?!如果不是警方透露，那就是寺田朋子還有那個公寓房東了，是嗎？」

「不，是其他人告訴我的。」

這時柴田端來了兩杯熱茶和一杯咖啡，九条不解地看著森崎，用眼神詢問：難道你的助理不須避開嗎？

森崎當然理解九条，他向柴田說道：「妳過來這邊坐吧。」

九条沒吭聲。

森崎把咖啡端到自己面前，緩緩說道：「案發現場的事……是柴田小姐告訴我的。」

此話一出，三人中表情最訝異的不是九条，而是柴田。九条看著柴田，顯然柴田沒想到森崎竟然會這麼說。但是柴田的表情也僅止於驚訝，看不到一絲反駁或者不同意。

九条眨眨眼，「柴田小姐，是這樣的嗎？」

柴田搓著手，看看森崎，「森崎教授……」

「九条警部是我的朋友，妳可以放心說出……嗯，妳看到了什麼……小綾，不，九条警部，妳說過，妳什麼都相信，對吧？」

「我相信幽靈呢，還相信黃泉。」九条可不是在騙人。

森崎再次確認，「等柴田小姐把事情說出來之後，妳不會讓她捲入吧？」

「不會的。老實說，身為警部，我也不可能讓同事知道我的情報來源沒有什麼科學根據……這樣我只會惹人恥笑。」

「嗯，那麼……」森崎朝柴田點點頭，安慰似地說道，「妳不要緊張，就慢慢說吧，把那天看到的都說出來。」

「嗯。我，我……看得到很多東西。只要碰觸到我，或者我碰觸到的人，在那瞬間，就會接收到很多畫面。通常都是不好的，是那種深埋於內心的黑暗。」柴田停頓下來，試探性地看著九条。

九条微笑，「這我相信，請繼續說吧。」

「是。」柴田仍有點緊張，不禁又重複一次，「您眞的……理解我所說的嗎？」

九条點頭，「是的，我懂。」

「嗯……那麼……事情是這樣的……前天中午我在學生食堂被一個男生撞到，在那瞬間我看到了很淒慘的景象……有個女孩，被綁在房間的矮桌上，仰躺著，肚子被切開。」說到這裡，柴田忍不住捂住嘴，停頓了一下，「……還有一隻黑貓，以及其他被虐待肢解的貓。」

九条望著柴田，「還記得那房間的擺設嗎？」

「只記得，矮桌的左側好像有放音響吧。」柴田縮緊肩膀，彷彿等著挨罵似的。

森崎說道：「我本來沒打算向警方提起這件事，警方一定會覺得我們瘋了，而且根本無法確定柴田看到的是不是板倉的案發現場。不過，如果是小綾妳的話，我想很可以信賴，所以才冒昧那樣問妳。」

「我能了解。」九条喝著熱茶，「柴田小姐，妳還認得出那個撞到妳的男生嗎？」

「應該……不，坦白說我不確定。他瘦瘦高高的，看起來就是很普通的大學生，也很斯文……但是我被那些畫面嚇到了……其實我眞的不知道還能不能認得他。」柴田揉揉額頭，「九条警部，您一定覺得很怪異吧？」

開玩笑，我可是跟黃泉國領主打過交道的人，這算什麼。九条想歸想，倒是沒說出來。「世上的事無奇不有。不過，我還是會抱持著合理的疑問。柴田小姐形容的情況沒有錯，但若用科學角度想，說不定柴田小姐正是兇手或共犯，當時也在現場呢。至於那種特殊的能力，全部都是裝出來的。要這樣想不是不行，對吧？」

「不，事實的確如此。」森崎說道。

九条看著森崎，「你能證明柴田小姐的能力嗎？或者證明那天中午，眞的有個男生撞到了柴田小姐什麼的。就像我所說的，我也可以懷疑，你曾經出現在案發現場過，對吧，森崎君？」

柴田顯然被九条的話嚇到，頭部無力地垂下，「但，事實眞的是如此……」

「不相信是合理的。」森崎無所謂似地聳聳肩，「九条警部，不如把妳的手伸出來吧。柴田小姐和妳是第一次見面，我和妳也久未連絡，甚至不知道今天會見面。倘若柴田小姐能說出幾件和妳有關的事，那麼妳就願意相信我們了吧？」

「非常合理。」九条伸出白皙的手，看診似地放在桌上，「請說出最近發生的事吧。」

森崎看看柴田，柴田先是搖頭，隨後又點頭，「但我不知道會看到什麼，這沒辦法預測。」

「總之，看到什麼就說什麼吧。」九条興味盎然，十分期待似的。

柴田深吸了一口氣，也伸出了手。她猶豫了一會兒，決定以握手的方式握住九条。森崎對柴田信心十足，但同時也有點後悔不該把知道的事透露給九条。說不定警方很容易就能抓到嫌犯——仔細想想，無預警地把柴田推上線，好像不太妥當。

九条明顯感到柴田在顫抖，柴田的手很冷。她在心裡計算著，三十秒吧，三十秒後柴田便鬆開了手。

即使是冬天，柴田還是微微冒汗，她窘迫地縮回手，「這樣就可以了。」

「那麼，看到了什麼呢？」

柴田突然臉紅，「……您和丈夫感情很好吧？那個……生活真是激烈又多采多姿……」

九条自己倒是放聲大笑。「還有呢？」

「嗯咳。您處理過很多科學力量無法解釋的案件。其中有個畫面是在漆黑的房間裡，有張大床，床上有女屍製成的人偶……」說到這裡，柴田臉上紅暈消褪，換上恐懼的神情，「另外，我還看到穿白色和服的女性……來自黃泉。嗯……有人用鉛筆插進自己的耳朵裡……還有流動的水，在陰暗的地下室裡的水池，池子裡有人朝您招手。」柴田愈說愈小聲，「嗯，您一大早總是在擦鞋呢。」

九条臉上的笑容慢慢消失了，換上認眞的表情，「又是不可思議的事件啊。」

九条的語氣平淡，她看看自己的手掌，不甚理解。

第7話

柴田一直在想著九条警部。倒不是因爲肢體接觸而看到的九条記憶或者內心，而是單純對九条的好奇。九条綾乃，她看起來像是兩種不同女性的綜合體，一方面帶著淘氣感，一方面卻冷漠陰沉，然而卻不討人厭，具有令人想一探究竟的特質，像是靈巧的，無聲穿梭在雪夜裡的黑貓。

送走了九条警部，聽了森崎教授道歉和安慰的一大串話之後，柴田拒絕了森崎教授一起共進午飯的邀請，以頭痛爲理由離開了森崎教授的房間。雖然說自己從沒想過要把看到的事告訴警方，但是若能幫助破案，也未嘗不是好事。森崎教授雖然事先沒有徵得自己的同意，但至少不是將她推向那種死都堅持科學證據的警察面前。如果是九条警部，應該可能理解吧。柴田暗忖。

回到宿舍後，她把身體拋向床鋪，可惜無法入睡。在床上翻來覆去好一陣子之後，又重新起身，乾脆去泡個熱水澡。羽衣大學新建的這批宿舍，全都附有寬敞的浴室，特別是浴缸。校務會議對這個會大量增加水電費開銷的設計提出異議，但是經過協商之後，以宮木校長爲首領的「領導派」還是在投票上取得了勝利。雖然看似愚蠢的設計，但這馬上讓宮木校長的人氣在學生中暴增，被譽爲「有史以來最體貼的校長」。嗯，提到宮木校長……在九条警部手心傳來的畫面裡，出現了宮木校長呢……說不上是好還是壞的畫面，那情景是多年前吧，九条警部和宮木校長併肩走在湘南海邊（當時兩人看起來都十分青澀，既不像警部，也不像校長）……人果然都是有過去的呀。

把身體浸在熱水裡，感覺一下子放鬆多了。還不到傍晚時分就泡在浴缸裡，聽起來實在有點墮落，但柴田總算覺得沉重的雙肩變得暖和，不再緊繃。

正當睡意來襲之時，柴田突然間聽到了浴室窗外有貓「咪嗚」低喚了一聲。浴室外有樹，說不定有貓咪爬上樹去。樹葉似乎沙沙作響。柴田用熱水洗把臉，決定在水變冷時起身，要是感冒就糟糕了。

洗完澡出來，發現手機閃著提示燈號，有未接來電。柴田的手機號碼除了在填寫連絡資料時給過所有必要的官方單位之外，唯一知道的就是森崎教授和遠在美國的妹妹。妹妹早就不想承認她，之所以想盡辦法到美國去，也都是因爲自己，所以，扣除打錯電話、電話行銷這兩種可能後，大概就是森崎教授了。

怎麼辦，現在完全不想回電。

柴田嘆著氣，在鏡子前坐下，把頭髮吹乾。眞的只是吹乾而已唷，完全沒有造形，也沒用梳子，只是用手撥過來撥過去，讓熱風能徹底將頭皮頭髮吹乾就是了。伴隨著吹風機呼呼的聲音，手機再度響了起來。

沒辦法啦。

「喂喂，我是柴田。」

「我是森崎。」果然，唉。

「是，您好。有什麼事嗎？」

「在理工學術院的實驗大樓，又發現貓的屍體了。」

「貓的屍體?!」

「嗯。那個碰撞到妳的男生，也和貓屍有關，對吧？」森崎口吻緊迫，「看來板倉同學的死完全沒有令他後悔或是害怕，他還是持續進行著。」

「……天哪。」一想到那人，柴田便渾身發顫。

到底是什麼樣的人會做出這麼可怕的事？即使板倉有紀被害的新聞雖然未曾被大肆報導，但兇手為什麼毫不收斂？依常理判斷，再怎樣「勇敢」的兇手，也會先低調個一陣子再說吧。

「……好像讓妳捲入了事件中，眞是抱歉。」森崎教授又重複了一次道別前的話。

「您別這樣說。」柴田搔搔頭。不然呢？都已經告訴九条警部了……

之後森崎教授還說了什麼，柴田根本沒注意。她本來就是個容易分心的人，加上那時在房間門口傳來怪異又清晰的搔抓聲，使得柴田隨便找了個藉口便結束通話。雖然這樣對又是教授又是雇主的森崎不好意思，但這也是沒辦法的事。柴田握著手機，悄悄地靠近房門口。聽起來像是某種動物的爪子在門板上來回摩擦。是貓嗎？如果是隻從壞人手中逃離的貓，那非開門不可……在學校各處散落的貓屍讓柴田打了個寒顫。

門吱呀一聲開了，幸而對方沒有害怕逃離。果然是一隻貓，黑色的大貓，皮毛亮麗動作優雅，雙眼是漂亮的灰綠色。

「嗯……看起來並不像是被追趕的貓……」柴田喃喃，「不過，既然都來了，要進來嗎？」

「喵嗚。」對方抬頭回應，彷彿接受邀請似的，緩緩地走進柴田的房間，輕巧無聲地跳上和室。

黑貓獨自在房間裡繞了一圈，牠選擇衣櫃旁的角落，站在原地轉了幾圈，向柴田喵喵叫，柴田不太理解黑貓的意思，不過她把房間僅有的一枚坐墊放在黑貓選定的角落，輕輕拍鬆它。黑貓十分滿意地踩上坐墊，前腳在上面踩踏了好一會兒才蜷起身體，舒適地窩起來，舔著自己黑亮的尾巴。

「這……是要定居的意思嗎？」柴田並不覺得麻煩還是苦惱，她本來就喜歡貓，不過這種情況還是第一次。

柴田走近黑貓，猶豫了很久，還是決定試探性地伸出手輕撫牠的背。黑貓沒有反抗或發出吼聲，只是用大眼睛注視著柴田，然後用粗糙的舌頭輕舔了一下柴田的手背，算是示好吧。

柴田不由得笑了。

先去買點貓食和其他用品吧。

柴田穿上外套，帶著包包離開後，窩在角落的黑貓不知什麼時候緩緩地起身，像睡了整天才要起身似的，把爪子深深插入榻榻米中，伸了個無聲懶腰，用前腳洗著臉，等牠的眼睛再度睜開時，已變成了如緬甸紅寶石般的鮮紅色澤，散發著妖異的光芒。

□

意識這種東西是很奇怪的，有時會延遲。

和往常一樣坐在「山茶花」裡，攤開原文書動也不動的乙羽泰彥，右手指尖轉著原子筆。警方大概再一兩天就會來盤問自己了吧。乙羽猜想著。他以前並沒有刻意隱瞞和板倉有紀交往的事實，板倉那個該死的女人應該也沒有，所以警方早晚會找上門的。

——你那天晚上在哪裡？

——喔，一個人嗎？還是有同伴？

——一個人啊，那也就是說，沒人能證明你當晚的行蹤了，是吧？

乙羽直到這時才開始有點煩躁，覺得警方的介入實在是大麻煩。在殺人之後才想到警方會追查的兇手，應該說是少見，還是愚蠢呢？

不過，乙羽對某件事倒是十分確定。無論如何，自己總有一天會宰了板倉。有些事一定會發生，只是時間的問題。他回味著，當晚板倉溫熱的鮮血浸濕他雙手時，那種甜美又刺激無比的感覺。就像殘留在手上的血漬，那種讓乙羽發自內心幸福的感覺還停留在他腦海中，尚未褪散。

乙羽放下了筆，靠回椅背，帶著幾分哀傷嘆了口氣。

之後，他隨意收拾了文具和課本，揹起背包離開了「山茶花」。反正，一點兒也沒有心情唸書，那就別勉強坐在那裡浪費時間。他想早點回去上網，今天沒帶筆電到山茶花眞是失策，用手機看領養網頁，實在很麻煩。

說到領養，那對住在群馬縣的夫婦，橘子還是椪柑的主人在網頁上公佈了乙羽的連絡方式和外形描述，表示乙羽失去連絡，有可能不利領養的小貓。眞是囉嗦，這麼關心那隻貓的話就自己養嘛……哼哼哼。乙羽發出不滿的抱怨聲。看來，也該再換個手機號碼還是什麼的，說不定也會有其他飼主看到那篇文章，然後想起自己也曾經把貓送給文章裡形容的人。

這些愛貓的人眞該死。

□

柴田有點兒失落。

當她回到家時，發現通往陽台的紗門被推開一點，那隻黑貓已不知去向。柴田那時才覺得手上提著的飼料和貓砂眞的好重好重，她無力地放下那些貓用品，傷感地看著在紗門空隙旁因風飄動的窗紗。她把買回來的東西堆放在黑貓窩過的坐墊旁，突然覺得好寂寞。

本來以爲自己可以永遠一個人活得很好，可是，一旦有伴之後再失去，那種孤寂的感覺比什麼都還要可怕。她看著通往陽台的紗門，發現自己還保有一絲希望，並不想關上它。也許那隻貓還會回來呢。

她想起來之前被隨手丟在角落的一本《仙人掌旅館》，書裡有一段描寫公寓裡黑貓的情景。故事裡的黑貓在空無一人的大廳裡徘徊著，找尋房東的身影，再想被房東抱一抱，想跟著房東一起離開。可是大廳裡沒有人，靜悄悄地，遠方的天空開始落下那年第一朵雪花。

柴田覺得自己眞是糟糕透了。她覺得自己像是《仙人掌旅館》裡的黑貓，以爲總有個伴會等著她的，但事實卻非如此。一個人，永遠都是這樣。

外套口袋裡的手機再度響起，是森崎教授傳來的訊息，要她到研究室裝訂文件。裝訂文件啊。有事做應該會比較好吧。

「妳來了。」森崎教授從液晶螢幕後看著柴田。

「是，要裝訂的文件……」

「在那邊的桌上。」森崎教授很忙碌似的，馬上把視線轉回螢幕上。

柴田靜靜地走到助理專用的書桌前，拉開椅子坐下，用簡潔的動作開始處理桌上堆得像是小山的文件。

森崎的指尖在鍵盤上發出噠噠聲響。他有點分心，一連按錯了好幾個鍵。柴田好像情緒很低落。所以呢？那又怎樣？森崎忽然不悅，覺得自己最近眞的是太愛管閒事了。即使是同類又怎麼樣，他是他，柴田是柴田哪。研究室裡的沉默像是某種灰黑色的雲朵，停滯在半空中，哪裡都不去，也去不了。森崎拿起咖啡，喝了一口，還是如此難喝。他想，自己煮咖啡的技術大概一輩子都不會有所長進了。

「那個……」過了大約一小時，柴田從座位上起身，來到森崎書桌前。

「喔，怎麼了嗎？」

「您這裡，有紅茶嗎？」

「紅茶？妳想喝紅茶嗎？」

「突然想喝杯紅茶。」柴田顯然覺得自己提出了過分的要求，「……我記得好像只有看到各種咖啡和咖啡豆，我們沒有紅茶對吧？」

「嗯……」森崎也站了起來，「倒不是說沒有，只是，是那種非常便宜的辦公室茶包，不是茶葉。」

「那種就可以了。」柴田點點頭，「您繼續忙吧，我來找就可以了。」

「應該是在咖啡壺下方的抽屜裡。」森崎說道。

「是，我來找找看。」果然有，但是紙盒上印的保存期限已經過了半年多了。柴田無奈地把整盒紅茶拿出抽屜。

「找到了嗎？」

「嗯，但已經過期了。」

「啊啊，我一直沒注意。」森崎歉然。

「我拿去丟掉。」

森崎看著柴田的背影，很想說點什麼，可是腦海裡空空的。如果順其自然脫口而出，一定會是很無聊又沒意義的語句，但就這麼保持沉默，又令人感到難以言喻的不適。

結果就是，在柴田回到座位上，繼續默默裝訂文件之後，森崎才想到幾句不那麼糟糕的對白，可惜卻已錯過開口的時機了。

人生哪。

乙羽新買了一支手機，當然也換了號碼。等他在秋葉原逛完一圈時，已經傍晚天黑了。他就像是其他不起眼的宅男，揹著沉重的，只有3C狂才叫得出廠牌的電腦包，緩緩地走向電車站。電車站裡也全是看起來跟乙羽沒什麼兩樣的傢伙，但乙羽知道，自己是不同的。跟那些藉著動畫、電玩來滿足自己的傢伙不一樣，他有實踐幻想的能力，他知道自己需要什麼，而且能得到。這種高人一等的激昂情緒讓乙羽渾身熱血沸騰。

「啊，對不起。」電車停靠時，一名女孩沒站穩，跌進了乙羽的懷裡，簡直就像電影情節那樣。

「妳沒事吧？」

「沒事。對不起，失禮了。」女孩穿著一身黑，皮膚雪白，雙眼奇大，像是柴崎幸那種類型的美人。她充滿歉意，頻頻道歉，好像自己做錯了什麼一樣。

後來，那女孩跟乙羽在同站下車，乙羽在車站出入口停下腳步，那女孩客氣地點頭示意後才離去。可以很確定是第一次見面，但卻有種熟悉的感覺。應該不是同學，同學們一定會報上姓名打招呼的。

特別是那似笑非笑的眼神，奇怪，好眼熟啊。

晚間九點二十分，羽衣大學殺人事件特別搜查本部

「所以，目前有什麼新發現？」九条一面擦著皮鞋，一面聽著組員們的報告。

「目前我們鎖定了同樣在羽衣大學就讀的三年級學生乙羽泰彥，根據死者的同學表示兩人曾經短暫交往過，剛分手時，板倉曾向同學表示，乙羽令她害怕。」今井說道。

「喔？所謂的『令她害怕』是指？」九条問道。

「乙羽泰彥好像不喜歡板倉的寵物，一隻叫阿玉的貓，板倉曾經因爲貓的事和乙羽爭執。案發後在現場一直找不到那頭貓，而且更奇怪的是，羽衣大學這陣子一直都有虐貓事件傳出，被肢解的貓屍分散丟棄在校園之中。」

「虐貓……嘖，對沒辦法還手的小動物施暴，這種人格特質眞是要不得。」九条哼了哼，同時想起柴田所說的，那個兇手，殺害板倉有紀和貓的一定是同個人沒錯。九条不動聲色，懶洋洋地穿上剛擦好的皮鞋，「派人去調查一下虐貓案，說不定那個變態殺害小動物殺膩了，想換體積大一點的女學生當獵物呢。」

「是。」

九条沉靜地蹺起腿，注視著擺放在桌上的文件。如果自己是兇手，會從哪裡弄來那麼多貓咪呢？嗯，在東京買純種貓所費不貲啊，如果是以認養爲名義，就可以輕鬆取得大量的被害者（也就是貓）了。

貓啊。

眞是不可思議。九条的嘴角浮起微笑。初相識時，有馬特別搜查官便說自己很

像貓。貓才不會每天早晚在辦公室裡擦皮鞋。她當時一面回答，一面翻牆進入某戶人家。眞是的。貓啊。

第8話

早上剛起床，柴田便被凌亂的和室嚇了一跳。黑貓安穩地窩在衣櫃旁為牠安排的坐墊上，但一旁塑膠袋裡的貓飼料被拖了出來，包裝被咬破，看來黑貓很餓，吃了不少。

這是個很大的驚喜，特別是相較於柴田入睡前那倍感憂傷的情緒。她忍不住笑了，輕輕走到黑貓身邊，蹲了下來，輕撫著黑貓。牠會住下來吧，四處遊蕩之後，牠應該會住下來才對。

黑貓睜開一隻眼睛，被打擾似地換了個姿勢，把尾巴捲起，藏在身體側面。柴田把貓用品拿出來重新整理好，並且也準備了飲水和貓飼料。有室友的感覺很好，這房間裡突然充滿了生命力，不再死寂。在感到開心的剎那，柴田再度領悟到自己是多麼孤獨，多需要有個伴。特別是動物，她總是讀不到動物的心，這是件無比幸福愉快的事。

「不過，是男生還是女生呢？嘿嘿，」柴田決定打擾黑貓一下，一手撐起牠的身體，一手拉起尾巴，「啊，是位小姐。呵呵。」

黑貓好像有點不悅，舔舐著尾巴，把毛梳順。過了一會兒，灰綠色的眼睛半閉，十分享受似地。

□

今天的課很多，乙羽揹著背包穿梭在實驗室和教學大樓兩頭。雖然校園裡瀰漫一股緊張感，他自己也等待著警方上門盤問，但是真正令乙羽感到吃驚的，反而是另一件在午餐時分發生的事。

「你好，上次在電車上眞對不起。」是那天在電車上跌進乙羽懷裡的美麗女孩，她還是穿著黑衣，只不過今天換成了帥氣的褲裝。女孩端著餐盤在乙羽身邊坐下，側著頭微笑，「還記得我嗎？」

「嗯啊，是，妳好。」這就是所謂的豔遇嗎？

這個念頭剛開始時是帶著幾分自嘲的。姑且不論乙羽的人格和心理問題，單純以外表來看，他實在說不上英俊帥氣，充其量也就是斯文罷了，這樣的男生滿街都有，並不算起眼，因此會被美女注意到，簡直就像夢幻般的境遇。

然而隨著和這位美麗女孩展開交談，乙羽那種自嘲感逐漸轉變為一種無法置信的幸運感受。天哪，這是眞的嗎？這麼美麗的女孩子竟然覺得自己很有趣，想和自己當朋友——

「妳，妳是在開玩笑吧……」乙羽用懷疑的目光看著眼前的女孩。

「我當然是認眞的。對了，你還不知道我的名字吧。我的名字很特別，你要好、好好地記住。」女孩子用非常正經且不失美麗的笑容對著乙羽，說道，「我姓龍造寺，龍造寺狛江。」

「龍造寺……」這姓氏讓討厭貓的乙羽馬上就想到了某個貓的故事。但是他並沒有表現出什麼，只是說道：「狛江，這個名字很少見。妳該不會是狛江市[2]人吧？」

❷ 狛江市，位於東京都多摩地區東南，接近多摩川中流左岸，東為世田谷區，西、北為調布市，南接神奈川縣川崎市。面積約六．三九平方公里，是東京都最小的「市」。

龍造寺狛江嘻嘻地笑了起來，「並不是呢……我是佐賀藩……也就是肥前地區人氏……嗯，對不起，你一定覺得我很好笑，畢竟現在誰會稱呼那裡爲肥前，或者佐賀藩呢？呵呵呵。」

「呵，感覺上妳對歷史很在行啊。」乙羽微笑。

「對於出生地的歷史，多少有點研究嘛。」龍造寺狛江側著頭看著乙羽，黑瀑布般的長髮閃閃發亮，「乙羽君現在有交往對象嗎？」

還眞是出人意料。

乙羽當然馬上聲明，「目前沒有。」

「是嗎？是眼光太高的緣故吧。」龍造寺看著乙羽，輕笑著。

「啊？眼光太高，是女孩子眼光都太高，都看不上我。」

「怎麼可能，乙羽君應該是受女孩子歡迎的類型吧，嗯？」

「啊哈哈哈，被美女這麼說，我應該要流著眼淚感謝才對……」乙羽不禁得意起來。

看來這位姓名很怪異的美少女似乎對自己很有好感啊。乙羽泰彥心想，龍造寺狛江比板倉美豔不知幾百萬倍，看來自己的運氣眞是太好了，呵呵。不過，龍造寺這個姓氏並不常見，而且竟然名字叫做狛江……。之後乙羽並沒有深入思考目前發生的一切，因爲這位美豔動人的龍造寺小姐主動開口邀乙羽去看電影，乙羽未經思考便答應，畢竟這種難得的機會只有笨蛋才會放棄。

□

「養貓？」森崎抬頭，看著柴田，好像有點訝異，「是偷偷養的吧？」

「嗯，所以教授您也會幫忙保密吧？」

「……可是我比較喜歡當告密者耶，哈，抱歉，開個玩笑。不過，爲什麼突然決定要養貓呢？」

「是很突然……不過，事實上是那隻貓決定被我養。」柴田訕訕地笑了，覺得自己的表達能力很有問題。「就是，我在房門口發現了貓，讓牠進房，後來牠跑出去，又跑回來了，好像決定把我的房間當驛站。」

森崎對貓並不熟悉，不清楚許多貓都有這種習性，他看看柴田宛如新生的好氣色，於是也回以微笑，「是嗎？聽起來好像不錯。」

「有個伴的感覺很不錯呢。」柴田用首次表現的輕快口吻說道，「啊，我買了新的紅茶，還有咖啡濾紙。濾紙是跟原來一樣的廠牌，還是您想換新的呢？不好意思，應該先問過您的。」

「一樣的就可以了。」森崎點點頭，「辛苦了。」

「我的房間其實有點冷呢。因爲要留個通往陽台的縫隙讓貓進出才可以，所以會有咻咻的冷風吹進來……不過這也是沒辦法的事，總不能在房門上裝個貓門，那是公有的宿舍的門，所以還是讓牠從陽台進出好了……。咦，我說了什麼嗎？您……是在笑嗎？」柴田整理著紅茶和咖啡濾紙，一回頭卻只見森崎正露出大幅度的笑容。森崎教授一向只會輕笑、淺笑和微笑，從來沒看過他的嘴角上揚超過五度。

「好像，養貓真的很不錯的樣子，」森崎教授說道，「妳話變多了呢。」

「呃，對不起，吵到您了。一定是妨礙到您讓您無法專心，真是抱歉。」柴田深深地鞠躬。

「啊，我不是那個意思，妳想太多了。只是單純覺得有趣而已……。話說回來，打算給貓取什麼名字呢？」

「嗯，是有想要取的名字，可是一般人大概會覺得不喜歡吧。」

「是怎樣的名字呢？很長一串拗口的法文名字嗎？」森崎頗有興趣。

柴田笑著搖搖頭，一面撕開紅茶紙盒的包裝紙，「我想叫牠こま，漢字寫成『狛』，或者是『駒』。」

「這名字……有點耳熟啊……」森崎教授馬上反應過來，「這不是有名的《鍋島貓騷動》裡的妖貓嗎？」

「是啊，我從小就很喜歡《鍋島貓騷動》。」柴田說道，「剛好，來到我房間的也正巧是一隻黑貓呢。」

森崎小時候也曾經聽過《鍋島貓騷動》的故事，這故事雖然和妖怪有關，但事實上卻是源於一連串真實發生的政治事件。

豐臣秀吉時代，佐賀藩的原主人是龍造寺家，但由於龍造寺家的沒落，使得龍造寺家原本的家臣鍋島氏取而代之，到了德川家康時代，肥前國佐賀藩的主人已經成爲鍋島一族。

雖然表面上鍋島家與龍造寺家還維持著不錯的關係，不過支持鍋島光茂的眾人還是認爲應該除掉龍造寺當時的主人又一郎（另一說法爲又七郎，均爲虛構之名）。之後鍋島光茂獲得了一具有名的棋盤，邀請龍造寺又一郎前來下棋，沒想到又一郎一眼就認出，那具棋盤其實是多年前附有妖怪，而導致父親喪命的魔物，於是兩人發生爭執。後來雙方都看到有妖怪站在棋盤之上，同時揮刀，沒想到光茂不偏不倚，就這麼誤殺了又一郎。

要是被人知道光茂殺害了又一郎，一定會被認爲是要篡奪龍造寺家，斬草除根，才會下此毒手。於是光茂找來家臣小森半左衛門，小森接獲命令也很苦惱，最後決定將又一郎的屍體封在城牆之中，對外宣稱又一郎失蹤了。

又一郎的母親阿政夫人無論如何都不相信，悄悄派人打探的結果都沒有確切的消息，本來就懷疑鍋島家想消滅龍造寺家的阿政夫人打從心裡就怨恨鍋島，這次又一郎失蹤也認爲是鍋島家幹的，可是轉念一想，當龍造寺家沒落，一直都是鍋島家施予援助，這讓阿政夫人不知如何是好。後來親信帶回消息，確信又一郎已被殺，阿政夫人於是在無法復仇的情況下懷著怨念自殺。據聞在阿政夫人以短刀自殺的夜裡，她所飼養的一隻黑貓こま也同時消失了。

之後，負責處理又一郎屍體的家臣小森半左衛門其母變得十分怪異，後來小森發現自己的母親半夜到廚房水缸裡偷魚吃，並發現牆上並非人影而是貓的側影，自此開始鍋島家開始被怪貓尋仇。除了小森一家，鍋島光茂周遭的女眷也一一被怪貓附身操控……

「您在想鍋島的傳說嗎？」柴田的聲音把森崎拉回現實。

「嗯，雖然是傳說，但是鍋島家和龍造寺家的政治事件倒是千眞萬確，只是人名多少不太一樣罷了。傳說啊，還眞是有趣的東西呢。」

「是啊。很多人都說狗很忠心，以傳說立場來看，貓好像更忠心呢……還會替主人復仇哩。」柴田說道。

「好像眞的是這樣喔……」

森崎同意地點點頭，然而卻想到現實中那些被殘忍謀殺的小貓……如果貓眞的有那樣的力量，應該要先救救自己的同類吧。再不喜歡貓的人，也不應該把貓弄死吧？最多趕走就是了。一想到自己的學生裡可能夾雜著這種變態，森崎就覺得令人作嘔。

「這是明天課堂上要用的講義。」柴田把一疊文件放在森崎面前，「另外這是日韓哲學交流協會的來信，希望邀請您在下次的會刊上發表論文。」

「上面有要求論文的字數和主題嗎？」

「是，三到五千字，主題是武士道精神相關。」

正當兩人進行著公事上的話題時，中年怪叔叔梶谷又以一貫毫不時尚的打扮出現在森崎的研究室門口。

「啊哈～柴田同學好像已經進入狀況了。」梶谷以此爲開場白。

「您來了，請坐。要咖啡，還是紅茶呢？」不管見過梶谷幾次，柴田仍覺得這傢伙充滿了各種有趣的元素。

「啊啊不用麻煩了，我只是散步路過……」梶谷說道。

「你這傢伙，又有什麼事了？」森崎問道。

梶谷降低音量，以賣關子似的神情開口，「聽說啊，被殺害的板倉同學，她曾和理工學術院的學生交往過，後來警方也有調查到，跟板倉同學交往過的男孩子，曾經是我的學生呢！」

森崎露出驚訝的表情，「板倉同學的前男友是嫌犯嗎？」

「還不知道，但，至少會是重要關係人吧。如果之前不是和平分手的話，那麼他的嫌疑就會很大……」梶谷故作謹慎地叮囑，「這是不得了的事啊，但在確定前絕不能說出去……。如果，眞的有情殺動機……唷，誰會想到自己站在講台上，底下學生裡竟然還坐著一個殺人犯？眞是可怕。」

森崎看了緊張萬分的柴田一眼，視線轉回梶谷身上，「那個跟板倉同學交往的男生叫什麼名字，還記得嗎？」

「記得啊，我也才剛打給小綾，不，九条警部，報告這件事呢。那名男生名叫乙羽泰彥，是基幹理工學部數學科大三的學生。其實我對乙羽君沒什麼特別印象，是後來知道他是板倉同學的前男友後，才想起來他曾經選過我的課。」

森崎本想追問，但手機卻在這時響了起來。來電者不知道是什麼人，柴田和梶谷只見森崎皺著眉頭，回答著「嗯嗯」、「知道了」這些簡短的話。梶谷識相地朝森崎和柴田揮揮手，輕鬆地走出了研究室。

俟梶谷離開後不久，森崎也結束了通話。

他看看手錶，又望向柴田，「接下來妳沒課了吧？」

「嗯，今天只有上午有兩堂課，下午都是自由時間。要幫忙查資料或者做什麼嗎？」

森崎浮現似笑非笑的表情，「那麼就出去走走吧，警視廳的九条警部正在附近的咖啡店等著我們呢。如果沒錯的話，她好像把梶谷主任剛剛提到的那位男同學也請到了那裡唷。」

柴田一驚，「該不會是要我去認人吧？」

「我想，應該就是這樣。」森崎起身，從衣架上拿起大衣，動作俐落無比。

「哎呀。」柴田輕喟。

手上捧著紅茶才正要開始喝呢。柴田想著，一面將視線越過森崎教授，投向灰濛濛的玻璃窗，窗外的枯枝偶爾會因強烈的北風而顫動。才剛吃完午飯，接下來就是令人不舒服的行程安排，有點討厭呢。

「走吧。」森崎催促。

柴田放下杯子，「您還有很多事要忙吧？告訴我地點，我自己過去就可以了。」

森崎搖搖頭，神色堅定，「不，還是一起去吧。」

森崎一面說著，一面拎起衣架上柴田那件破舊的黑色大衣，那件黑色大衣是開斯米的吧，非常輕柔，但也磨損得十分嚴重。不知爲何，森崎突然覺得柴田的黑大衣就像她本人一樣，或者說，像她本人的靈魂一樣。

非常輕柔，但也磨損得十分嚴重。

第9話

乙羽泰彥早就知道警方會找上他。

當初和板倉交往的時候並沒有刻意隱瞞，會有這樣的結果也是十分正常的。在警方來調查之前，他花了許多時間想要製造不在場證明，然而乙羽也不是笨蛋，他很清楚，失敗的不在場證明只會重重加深自己的嫌疑而已。該說些什麼好呢，就說的確有去拜訪板倉，但是離開時沒有異樣，這樣才是最正常合理的說法。

警視廳的九条警部約在「山茶花」和乙羽見面，神奇的是，在這時走進山茶花的卻是龍造寺狛江。既然龍造寺狛江也是羽衣的學生，那麼在這裡出現是十分理所當然的。

「乙羽君！」龍造寺狛江就這麼走了過來，看來她覺得這是難得的巧合。

「啊，妳好。」乙羽完全沒想過會在此處、此時碰上龍造寺狛江，不過倒也沒露出驚慌失措的表情。

龍造寺在乙羽身邊坐下，開始閒聊一些乙羽根本聽不進去的話題。就在乙羽努力試著想出理由擺脫龍造寺時，一名三十出頭，穿著黑風衣和黑色褲裝的女性以穩重但快速的腳步走進店裡。乙羽的目光和那女人正面接觸，他的神經彷彿被電到似的，直感告訴他這就是爲他而來的九条。

對方從外衣口袋裡掏出證件，在乙羽面前晃了晃，拉開椅子坐下，「我是九条。」聲音倒是不像外表，給人緊迫的壓力。

「妳好。我是乙羽。」

龍造寺狛江看看乙羽，看看九条，不知道是故意還是眞的白目，竟然噗哧地笑了起來，一面說道：「我是龍造寺狛江，初次見面妳好。妳是警察吧？什麼職銜呢？是來問案的嗎？問我們乙羽君嗎？」

九条見怪不怪，微笑，「我是九条警部，有點事要來請教乙羽先生……妳也想知道內容嗎？」

「想知道！」龍造寺睜著透出奇異光芒的大眼，「我想知道。」

「那麼，就破例允許妳在場好了。」九条轉頭看著正要走來的服務生，不顧形象地高喊了一句：「我要熱的洋甘菊茶。」

基本上身爲警方應該要請與案件無關的人立刻離開才對，不過九条一向都不在意行爲守則還是辦案規定這種東西——基本上會約在這種地方跟證人談話，而且也不按規定兩人一組行動，這些都可以看出來九条有超乎一般刑警的任性度。九条打量著龍造寺，這麼美麗的女孩子很少見，尖尖的下巴和大大的眼睛就像漫畫裡的美少女，不像任何現實中的人類。

在紛亂的點單和送上飲料過程中，九条拿出一根菸叼在嘴上，試著從不同的角度觀察眼前這個名叫乙羽泰彥的年輕學生。乙羽泰彥不是太起眼的類型，而且彷彿怕說錯什麼似的，異樣地沉默。九条看得出來，龍造寺在場使得乙羽多少有點坐立難安，不過卻又強自壓抑住。

不久後，店裡又進來了一組客人。這組客人並沒有引起乙羽的注意，但九条卻發現龍造寺狛江正偷偷瞧著這組自己安排來的客人：森崎和柴田。

「……嗯，這裡的洋甘菊茶味道挺不錯的。」九条放下茶杯，意味著正式談話即將展開。「乙羽先生應該聽說了板倉有紀小姐不幸身故的消息吧？」

乙羽原本在家裡練習多次的自信，現在全被緊張吞噬，他慌亂地點點頭，「我知道，有紀發生了不幸的事。」

「死者的好友指出，您和死者曾經交往過一段時間。」九条不疾不徐地說道，「這應該沒錯吧？」

「是的，沒錯。」

「您和死者爲什麼分手呢？」

「……個性不合，處得不是很好。」

「這樣啊。」九条重新拿起茶杯，喝了口茶，「分手的事，是誰先提出的呢？」

「她先提出的。她覺得壓力很大……」乙羽淡淡地說道，「雖然我覺得應該再努力試試看，但是有紀好像完全放棄了。」

九条點點頭，忽然轉向龍造寺，「小姐，不會覺得無聊嗎？」

龍造寺輕快地搖頭，「不，一點也不無聊呢。我喜歡知道所有和乙羽君有關的事唷，所有都喜歡。」

「一直沒請教，您的名字是？」

「龍造寺狛江。」

「是，原來是龍造寺小姐。您正和乙羽先生交往中嗎？」九条單刀直入。

「沒錯。」龍造寺狛江也毫不猶豫地回答。

乙羽這時突然有點不愉快的感覺。誰都喜歡這麼漂亮的女孩子，可是龍造寺的反應太奇怪了，奇怪到讓乙羽打從心裡感到令人不悅的虛僞。

「啊，這麼說，和板倉小姐分手，對您來說也不是什麼壞事嘛……呵呵呵。」九条那難辨喜怒的笑，讓乙羽冷汗直冒。「言歸正傳，這次過來，主要還是要請教您一個關鍵問題。」九条收起笑，不帶任何情緒地提問，「案發當晚，您人在哪裡呢？」

□

坐在「山茶花」最角落的森崎和柴田各自帶了一本書來，兩人好像悠哉到了極點似地，緩緩地找了張可以將全店景況盡收眼底的角落圓桌，在唯一的雙人沙發上坐了下來。並肩而坐的兩人，同時努力克制自己的目光不要往九条那桌飄去，但再怎麼想不去注意，都徒勞無功。

森崎端起服務生送來的摩卡，低聲問道：「有看見那個男生嗎？」

「嗯，」柴田則是打開了赤川次郎的小說，半遮著臉，「身材滿接近的……有點像是那天撞到我的人。可是……那位小姐是誰啊？」

「穿黑洋裝的那位？我也不知道。姑且不論她是誰，刑警問話時不能有無關的人在場吧。」森崎低語。

「……該不會也是刑警吧，那位小姐？」柴田嗅著書頁的味道，說道，「雖然穿著高跟鞋和全部都是蕾絲和緞帶的洋裝，可是法律也沒規定刑警不能穿得很華麗嘛。」

「這倒也是。不過，妳好像不緊張了。」

「嗯，對耶。」柴田緊盯著九条和乙羽，「現在只覺得很刺激呢。」

「刺激呀。」森崎複誦，在心裡苦笑。

「森崎教授。」

「嗯？」

「您也看得到，不是嗎？」柴田忽然轉頭看著森崎，投以微笑。

森崎馬上便明白了柴田的意思，他瞪大眼，無奈，「不，這個嘛，我不想。」

「可是如果您也能確認，那不是更好嗎？」柴田此刻的笑容看起來像個天真的孩子，眼神散發著極具說服力的光芒。

「所以，妳的意思是也要我……」

柴田再度把注意力轉回九条和乙羽身上，「如果可以因此而幫助九条警部抓到犯人，這樣不是很好嗎？至少，這種討厭的能力好像多了一點點正面的用處……」

「妳說，正面的用處啊……」

都已經這麼說了，好像無法推辭的樣子。可是，之前看過了柴田傳來的影像，既殘忍又血腥，實在不想看第二次。不，這樣算什麼男人啊，自己不想看第二次，難道柴田就很樂意了嗎？

「不過，我並沒有勉強您的意思喔。」柴田突然說道，翻著書。

看來柴田距離「演技派」還很遙遠。森崎心想。

「如果妳覺得這樣比較好，那麼我還是會過去試試看的。不過，我得先研究一下路線……看看要怎麼走才可以不著痕跡地靠近他們的座位。」

「是，是該要小心點……啊，不過——」柴田猛然拉了一下森崎的袖子，「請等一下，您看，九条警部——似乎要走了。」

森崎聞言，順著柴田的目光看去，沒想到九条警部似乎像是在趕時間似的，面無表情地從座位上站起。九条警部的目光掃過森崎和柴田，但是沒有任何表示，只是走向櫃檯結帳。至於仍在座位上一動不動的乙羽表情則是充滿了意外與不解，彷彿十分焦慮似地看著九条的背影。

九条警部離開店裡之後，柴田和森崎停留在雙人沙發上好一會兒，完全搞不清楚狀況，不知道到底發生了什麼事，照這麼看來，那位黑衣小姐似乎並不是和九条一道的。兩人互望一眼，決定在接到九条電話之前，繼續留在店裡看看乙羽的動向。

□

乙羽根本不敢相信自己的耳朵，他一方面覺得龍造寺狛江瘋了，一方面陷入了某種不安與焦慮之中。爲什麼龍造寺狛江要這麼說呢？這件事到底跟她有什麼關係？

龍造寺似乎是帶著笑，正欣賞著乙羽的表情。她狡黠一笑，「怎麼了嗎？」

「唔……」乙羽戒慎，「剛剛，當九条警部問話時，妳爲什麼要說案發當天妳就在有紀家外面等我，然後一起離開呢？」

龍造寺表現出十分聰明伶俐的樣子，「爲什麼要說我們在一起？很簡單嘛，如果不這樣說，你一定會被當嫌犯看待。你是死者的前男友，而且是被甩掉的，加上你又說你的確在案發當天去見過前女友，這些全部加在一起，你一定會像推理劇場裡無辜的主角那樣，被當作嫌疑犯的。如果我說個小謊，這樣一切都可以解決了，不是嗎？」

乙羽接受了龍造寺的說法，但卻無法放心。眼前這個謎樣的女孩到底想些什麼呢？完全不懷疑自己嗎？還是說，她根本早就在心裡認定自己就是兇手，所以乾脆就直接說謊算了呢？

「不過，這樣下去會沒完沒了呢。」乙羽低聲說道，「這麼一來，狛江小姐所說的話就會被當作是證供，他們會想辦法找出破綻並加以推翻的。」

龍造寺狛江臉上掛著笑，但語氣卻透著一股寒意，「他們怎麼能推翻那些根本不存在的事呢？你說對吧？」

□

「妳覺得，乙羽和那位小姐是什麼關係？」森崎低聲問。

柴田輕輕搖頭，「實在看不太出來。那小姐好像是發生了什麼好事似的笑個不停，可是乙羽的臉色卻難看到了極點。如果是朋友的話，應該不至於在對方感到煩惱時還露出那麼放肆的笑容吧……」

森崎把視線移回書上，「雖然很漂亮，但給人一種恐怖的感覺。」

「嗯？」

「我說的是那位小姐。」

柴田倒不覺得那位美麗的小姐有什麼不妥之處，長長的黑髮看起來比廣告裡的女明星還要漂亮好幾倍，不但容貌美麗，氣質也很高雅。如果自己也能長得那麼漂亮就好了。柴田心想。

不一會兒，森崎的手機響起，是九条警部的來電。

森崎接完電話後，緩緩把書闔起。「柴田同學，我們換個地方聊吧。」

在森崎這麼說的同時，柴田有種自己好像變成昭和年代警探連續劇裡配角的錯覺，她差點沒笑出聲。眞是的，森崎教授嚴肅的表情使那句話加倍好笑。這麼看來，森崎教授走的是冷面笑匠的路線吧。柴田在心裡大笑著。

當然森崎和柴田要離開「山茶花」時，沒想到卻遇上了意料之外的阻礙——是梅宮三人組。不知道是巧遇還是其他理由，梅宮眞琴、磯村華子與染谷早苗三位校花一秒不差地走進了「山茶花」。

「哎呀，這不是森崎教授嗎？」梅宮眞琴叫道。

不知道爲什麼，柴田這時心裡響起了青江三奈[3]所演唱的〈伊勢佐木町布魯斯〉

[3] 本名井原靜子，一九四五～二〇〇〇年，高校畢業後成爲俱樂部歌手，一九六八年的〈伊勢佐木町布魯斯〉、〈長崎布魯斯〉以及一九六九年的〈池袋之夜〉使其成爲人氣歌手。二〇〇〇年因胰臟癌過世。

斯〉這首歌曲。如果嘴裡有茶的話早就噴出來了吧，哈哈。

森崎顯然不太記得眼前這三位小姐，他不打算去喚醒記憶什麼，想也知道應該是學生之類的吧，本來想匆匆點頭致意之後離開，可惜森崎的如意算盤並沒打響。梅宮眞琴用那水汪汪的大眼看著森崎，彷彿早就在家裡背好台詞似地提出了跟課本有關的問題，柴田抱著書，被三位校花阻擋在外。

染谷早苗沒有加入梅宮和磯村的陣營，反而轉向了柴田。

看樣子是想把我們各個擊破吧。柴田不禁產生了這種想法。然後，腦袋裡還是不停地響著青江三奈在〈伊勢佐木町布魯斯〉開場時的著名嘆息聲。

「柴田同學，助理的工作是不是很繁重啊？還得陪教授來喝茶，辛苦妳了。」染谷早苗語帶諷刺地說道。

「不，其實是因爲我不想一個人，所以才拜託森崎教授陪我來的。」柴田只好如此回答。

「是嗎？」染谷早苗冷冷地看著柴田手上的書。

柴田雖然不太理會其他同學，可是梅宮、染谷這票人的行爲未免有點過分。她板起臉，想要越過染谷走出店門，但是染谷卻乾脆伸手攔下她。

「有事嗎，染谷同學？」

「柴田同學現在，好像什麼事都可以依靠森崎教授的樣子。」

柴田淡淡接下，但已把話說開，「如果確實是這樣呢？嗯？染谷同學好像跟我的事一點關係都沒有，不是嗎？」

在染谷還想說些什麼之前，森崎似乎已經擺脫了梅宮她們，他焦急地伸手拉住柴田外套，像是提東西似的拖著她快速離開了「山茶花」。

「啊，怎麼就這樣走了？」

「人家還有其他問題呢……眞討厭！」

幸好，只抓住領子而已。

柴田心想著。

她對於森崎教授的過去一點都不想知道，也不希望森崎教授看到以前的自己；幸好，森崎教授這一抓很準，只有觸碰到衣服而已。兩人以慢跑的速度往前衝了一會兒，森崎放開了手，訕訕地向柴田道歉。在那種情況之下，這麼做也是合理的，可是抓著學生的領子跑走……這種行爲實在不適合他的身分啊。

「剛剛，到底是怎麼一回事啊？」森崎有點被嚇到，他仍搞不清楚那兩個假娃娃似的學生幹嘛緊緊貼著自己。

「因爲她們是教授您的親衛隊，是忠實的支持者，粉絲嘛。」柴田說道。

「什麼？支持者、粉絲？」森崎苦笑，「我只是普通的老師，又不是演藝人員，怎麼會有粉絲這種東西……」

「可是，您在女學生中的人氣確實很旺啊。以前我沒注意到，但是擔任了您的助理之後，多少感覺到了。」柴田揶揄地笑了。

「喔？怎麼說？」

「現在會有人來向我打聽您的喜好什麼的呀。」

森崎顯得十分驚訝，「這是眞的嗎？妳什麼都沒說吧？」

「這當然是眞的！」柴田正色，「我當然什麼都不會說呀，您把我當哪種人了？」

「對不起，我不是懷疑妳，只是嚇到了，沒想到有人會去煩妳，也沒想到有人對我興趣這麼濃厚……感覺很不可思議。」森崎打從心裡不懂這一切，怎麼會有人把自己當作明星一樣看待呢？眞是無法理解，無法理解。

第10話

回到森崎宿舍前，只見九条正蹲在地上與一頭三色小貓玩耍。小貓一聽見森崎和柴田的腳步聲便警覺地逃離，九条緩緩站直身體，叼著菸的嘴角上揚。

森崎的房裡不一會兒便開始瀰漫著咖啡香氣。他請兩位小姐稍坐之後，便挽起袖子開始準備熱水和咖啡。柴田並不是第一次看到櫃子裡的手沖壺，不過當她親眼看到森崎沉默而有條理地將水注入銅壺時，還是微微感到震撼。

森崎送上了三副杯盤，一罐糖和一罐牛奶。

九条還是叼著菸，她看起來很不耐煩地玩弄著打火機，但卻始終沒打算點燃菸。她的指尖按著打火機，想用一根手指把它立起來。「你們有看到那個叫乙羽泰彥的傢伙吧？」

「看到了。」柴田恭敬地答道。

「沒有親自碰觸他的話，就不能確定他是兇手，對吧？」九条問。

「是的……因為當初太驚慌了，根本沒辦法好好記住對方的長相……而且也覺得噁心，一點都不想看到那人。」柴田有些困擾，「早知道還是應該想辦法忍耐的。」

「沒關係的，柴田小姐。」九条說道。

這次森崎用托盤端來了咖啡濾杯、還有像是從實驗室裡偷來的燒瓶以及手沖壺。將咖啡濾杯放上燒瓶之後，開始用銅製的手沖壺緩緩注入熱水。不知為何，這彷彿是種神聖的儀式，九条和柴田不自覺地停下了對話，專注地看著熱水和濾杯裡的咖啡粉形成深褐色的細微泡沫。咖啡的香氣怡人，果然跟一般三合一即溶咖啡那種充滿奶與糖的甜甜氣味不同。

「我記得，森崎君在大學時代就很喜歡研究咖啡。」九条是第一次以充滿回憶的聲音說話，她的語調讓柴田感到十分溫暖。

「當時的九条綾乃渾身充滿了正義感喔，背後還燃燒著熊熊的正義烈火。」森崎也回應道。

九条停下了玩弄打火機的動作，注視著燒瓶裡逐漸增加的咖啡，「那個傢伙啊，有不在場的人證。」

手沖壺的熱水不明顯地停了一下，但隨即繼續著。「所以？」

「這樣說好了，乙羽泰彥表示他案發當天有去板倉的住所，兩人談了一會兒，板倉心情不好，於是他就離開了。不過呢，在乙羽泰彥身旁的那位小姐——你們有看到吧，長得很漂亮的那位——那位小姐說，之後他們就一直在一起。」

「不過，再怎麼說，乙羽也曾經和板倉獨處過不是嗎？那段時間並沒有第三者在場啊。」柴田說道。

「嗯，話是這麼說沒錯。如果乙羽脫光了衣服，預先把衣服收藏好，那麼衣服上就不會沾染血跡，等到犯案之後，再沖洗身體穿回衣服，就可以從容離開了。」

九条在咖啡中加了奶和糖，輕輕拌勻，繼續說道：「詳細情況還不知道，鑑識單位那裡應該會有決定性的證據吧，不過這件案子應該很單純，只是犯案的手法太殘忍了。」

「不過，那位小姐……話說，那位小姐到底叫什麼名字呢？」柴田問道。

「姓名都很少見，姓龍造寺，名字叫做狛江。」九条想了想，「總覺得她的出現很怪異。看乙羽的神情，他似乎和龍造寺不是那種關係。這麼說好了，看起來反而比較像是龍造寺在追求乙羽呢……咦，你們怎麼了……爲什麼表情變得那麼奇怪？森崎的咖啡難喝是正常的啊，不是因爲太難喝所以說不出話來的吧？」

「不，不，沒什麼。」柴田還沒碰過咖啡呢，她苦笑，「只是突然覺得很奇妙而已。」

九条問道：「哪部分？」

「姓氏是龍造寺，而名字叫做狛江……這讓我想到了《鍋島貓騷動》。故事裡龍造寺家的貓，叫做狛，後來替冤死的主人報了大仇呢。」

「呼呵呵呵，是這樣的嗎？」九条也露出了意味深長的笑容。「貓怪談啊……小時候滿喜歡這種故事呢……不過，這種巧合的確很有意思。」

森崎喝了口自己認眞泡出來的咖啡，唉呀，還是如此難喝，眞是可惜了這麼多高級的咖啡豆。他無奈地放下杯子，這時才發現九条不知在何時竟然已喝完了整杯咖啡。大概是因爲口渴的緣故吧，唉，眞是的。即使外表完美帥氣如森崎，再怎麼樣也還是個人類，再怎麼樣也還是有弱點和缺點的，好比說，再怎樣煮出來的咖啡都十分難喝等等。不知道親衛隊知道了這些事之後會有什麼想法，森崎心想，但同時又覺得自己可笑萬分。

「森崎君，你在想什麼呢？」九条突然問道。

「唔啊，沒什麼沒什麼。」森崎擺擺手，因爲心不在焉而不好意思地笑了，「咖啡眞的很難喝。」

「沒關係的，你還有其他專長啊。再怎麼樣，至少你現在不是咖啡店老闆嘛。」

「是沒錯啦，我大概就是沒有沖泡咖啡的天分吧。」森崎嘆氣，「不過，言歸正傳，現在該怎麼辦呢？」

九条稍一思考，答道：「我猜應該是乙羽那傢伙幹的沒錯。目前就是等鑑識單位的化驗報告出來看看有沒有明確的物證，如果沒有，就得旁敲側擊一下……這案子應該是很容易，按照步驟就可以解決的。不過——」

「不過？」

「不知道。有種不太舒服的預感。明明很單純的情況，只要仔細就能掌握線索，可是現在我卻有種好像會沒完沒了的感覺。我看是職業病吧，沒藥醫了。」九条輕鬆冷靜地說著。

柴田在這時喝了一口咖啡，森崎和九条不約而同地看向她。

九条充滿好奇地等待柴田開口，「如何？不是蓋的吧？眞的是非常難喝。」

「嗯，其實，我覺得不會特別難喝。」柴田說出了令人意想不到的話。

「該不會是爲了保住助理的工作，所以說出這種違心之論吧？」九条盤問。

「啊啊，並不是這樣的，您誤會了。我只是，不覺得有什麼特別難喝的地方，而且，這咖啡充滿了咖啡應該有的味道不是嗎？跟以往喝過的咖啡比起來眞的沒什麼不同。不過——大體上來說，我還是比較喜歡喝紅茶呢。」

森崎倒是得出了一個不知道該覺得安慰還是悲哀的答案：「也許，柴田對紅茶以外的飲料都不會有感覺。」

「啊，這麼說來的確有可能！」柴田嚴肅地點頭認同。

「不過，這好像不是重點吧。唉。」九条皺眉，「我總覺得有什麼事不對勁，理論上應該可以找到證據是那小子幹的，可是我老覺得事情不會就這麼結束。現在覺得好煩躁啊。不說了，我還是先回去特搜本部看看吧，按照時間看來，法醫那邊的驗屍結果就快出來了——」

話未說完，九条的手機便響起，她匆匆接起，回應了兩聲之後便結束通話。她把打火機和手機一起塞進外套口袋。

九条一面起身，「謝謝森崎君難喝的咖啡招待啊，如果有什麼需要協助的地方，還是要繼續麻煩兩位了。再見。」

九条匆匆離去後，柴田突然重重地甩頭。

「怎麼了嗎？頭痛？」

「不，不是的，呵呵，」那笑容有點傻氣，「覺得好像在做夢一樣啊。有種做夢的感覺，好像這一切並不是真實發生的事。」

「不像真實發生的事……是這樣嗎？」森崎思索著。

「對了，教授。」

「嗯？」

「能再給我一杯咖啡嗎？」

「妳還願意喝？不，不，我的意思是好，好的，沒問題，爐上還有熱水。」

森崎快速地起身，將手沖壺帶到爐旁，再度加入熱水。一面等著水滿，森崎和柴田一面看向窗外。天色已經開始變暗，遠方的雲彩稀薄，像是被浸濕的棉絮般，天空散發出一種無生命的淺灰褐色，彷彿再也不會明亮起來的那種，令人感到不開朗，不愉快的討厭色調。

對了，還要準備新的咖啡粉和濾紙、濾杯和燒瓶。森崎喃喃自語，雙手因此而變得忙碌。柴田只是靜靜地看著天空，若有所思地想著什麼。

天際有一行不知名的鳥群飛過，無聲無息地。

□

山梨縣甲府市中村町

中村町是個不起眼的小地方。

雖然並非特別興盛，也不是特別沒落，總而言之是座不起眼，不太會引起人注意的小區域。町裡有部分地區建築非常密集，但是街道中又夾雜著被切割得十分破碎的小農地，看起來彷彿就像卡在時光隧道裡，不新也不舊，不知何去何從的怪異城市。

乙羽家就位於中村町和下河原町的交界處，一棟極平凡的兩層樓高建築，建地約有二十坪，前後有小小的庭院，跟附近的民宅長得一模一樣，是某建設公司在昭和中期同批蓋好的社區。乙羽家目前只有泰彥的父親末雄和母親昌子在住，泰彥的兩名姊姊並不在老家。乙羽家的長女町子已經結婚，而且即將臨盆，跟丈夫一起住在青森；次女幸子在大阪府的銀行裡工作，已經有了論及婚嫁的男友。嚴格說來，乙羽家並不特別。乙羽末雄在當地的修車廠擔任廠長，昌子是家庭主婦，是那種在街上隨手一抓就是一把的普通家庭。

在這樣的普通家庭，一個很普通的日子裡，卻發生了一件不普通的事。

乙羽末雄這天晚上並沒有回家吃飯。下午三點多，他從任職的修車廠中致電給妻子，說晚上會和幾位同事喝一杯再回去。乙羽末雄是修車廠的廠長，偶爾也需要為部下打氣加油，這次也差不多就是那種場合。接到丈夫的電話後，乙羽家的女主人昌子也不以為意，在心裡盤算著一個人的晚餐該吃些什麼才好。

傍晚六點多，天色已經全暗了，氣溫也下降到三、四度左右，入夜後降到零度是正常的。

乙羽昌子一面把冷凍庫裡的調理食品拿出來，準備微波，一面打開了廚房的小電視，地方頻道正播出無聊政策說明會，於是昌子花了點時間，轉台到綜藝節目。正當她要將調理食品拆封時，門鈴突然急促地響了起來。

不管是快遞或是鄰居，在按電鈴時通常都會報上自己的身分或姓名。好比說：「您好，我是快遞！」或「打擾了，我是隔壁的岡山，來送傳閱板！」什麼的。但是，此刻的門鈴聲並沒有伴隨著招呼，這讓昌子聽起來有些不舒服。

她走到玄關，狐疑地問了一聲，「是誰？」

對方沒有回答。

「是誰？」昌子提高聲調，再問一次。

然而回答她的是一片強烈的寂靜。

就連對方離去時的腳步聲都沒有，玄關靜悄悄地，門鈴也悄無聲息。原來按電鈴的人呢？到哪裡去了？走廊上的石英掛鐘發出喀喀喀的秒針移動聲，在此時聽來格外清晰，帶來一種令人極不舒服的感覺。

怎麼搞的。

昌子在心裡抱怨著。

其實不是什麼大不了的事，但不知爲何心裡卻感到很不舒服。到底是什麼人呢？那麼拚命地按門鈴，然後不出一點聲音就離開了。爲什麼要按門鈴？是找人嗎？還是有什麼事呢？奇怪了……如果有事的話，應該要回應她的問話才對啊。看來是惡作劇吧，可是，眞討厭，爲什麼要對我們家惡作劇呢？

甲府市的冬季氣溫常常在零到五度左右，因此，一般人家裡並不會常常打開門窗。昌子在走回廚房時，卻感到一陣冷風快速襲來。她打開了客廳的燈，沒想到客廳的落地窗竟然不知何時被打開了一道縫隙。

昌子抱著自己的雙臂感到一陣緊張。奇怪，是誰打開了落地窗呢？跟按電鈴惡作劇的是同一個人嗎？這麼說，那個人翻牆進了我們家院子?!昌子想到這裡，不禁開始高度戒備，她衝回玄關旁的櫃子前，打開櫃門拿出久未有人使用的高爾夫球球具，抽出一根球桿，緊緊握在手中。

雖然說這裡不是什麼高級住宅區，可是住了這麼多年，治安曾幾何時壞到這種地步了？

就在她打算走向客廳落地窗時，門鈴再度響起。這次和上次不同，這次的來客主動地開口了。

「不好意思——請問有人在嗎？」是年輕女人的聲音。

昌子突然全身放鬆了，覺得手上的球桿十分沉重，她一面嘲笑自己剛才的過度反應，一面走下玄關，「來了！」

打開大門後，昌子微微一怔。她沒看過這麼漂亮的女孩子。

柔軟的黑髮和充滿靈氣的大眼睛，白皙如雪的皮膚，看起來一點也不像是沾染塵世氣息的人，彷彿是精靈還是仙女般的人物。

「您好，這裡是泰彥的家對吧？」女孩子帶著甜甜的笑問道。

「是的，妳是我們泰彥的朋友？」

「是。冒昧來訪眞不好意思。」

「啊……那麼先進來再說吧。」昌子注意到，屋外已開始飄雪了。她覺得有點不好意思，剛剛竟然忘我似地盯著對方打量。

女孩進屋後，馬上有禮地自我介紹，「您好，我是泰彥君的朋友，敝姓龍造寺。」

「妳好，我家泰彥平常受妳關照了。」昌子拿出拖鞋，笑容可掬。「我是泰彥的媽媽。快請進來坐。」

「那麼，我就不客氣了。」

第11話

昌子請那位小姐在客廳稍坐之後，便走進廚房，匆匆打開餐具櫃，拿出兩副杯盤。幸好冰箱裡還有之前買的栗子羊羹，拿出來招待客人應該不會太丟臉吧。看那位小姐的樣子，就像從電影裡走出來的公主，又高貴又優雅又美麗，沒想到泰彥也能認識這麼棒的女孩子，呵呵。

昌子動作很快，一面泡好了咖啡，一面從冰箱裡拿出羊羹。就在昌子拿出砧板和刀具要切開羊羹時，她被無聲無息，突然出現在廚房門口的龍造寺嚇了一跳。

「您不用準備這些的。」龍造寺狛江甜笑著。

不知爲何，昌子打了個寒顫，手指差點失去力氣，砧板和刀就這樣掉在流理台上；而龍造寺狛江還站在廚房門外，她一手扶著門框，繼續對著昌子笑著。她的臉，是裂嘴大笑的表情，但卻沒有發出半點聲音。一時間，昌子感到強烈的懼意，眼前的女孩笑得十分詭異，原本看起來粉嫩的雙唇現在卻變成鮮紅色，白森森的牙齒看起來不像人類平整，反而呈現怪異的尖銳形狀。

愈看，昌子愈害怕，整個人本能似地往後退。就在這時，龍造寺狛江的瞳孔變成血般的暗紅色，並且又細又長。那是貓！是貓的眼睛！

「妳、妳——」

「害怕嗎？」龍造寺狛江沒有開口，但肚腹卻發出尖銳的喊叫聲，「妳會怕嗎？會嗎？」

「呃、呃！妳是誰?!不要過來！」昌子叫道。

「妳的兒子，把殺害我們當作樂趣，殘忍地對待我們，現在，你們一家要付出代價……」

昌子驚恐地大叫著，瞪著眼，死死地盯著龍造寺狛江從一名美麗女孩逐漸變成渾身長滿黑毛的人形猛獸，血紅色的瞳孔閃爍著，腹喉同時傳來低低的嗚吼聲。

「我……我不知道泰彥做了什麼……」昌子語無倫次，「不關我的事！我，我不知道……怪物，怪物啊！啊啊！怪物！」

殘留著幾分人形的黑色怪貓就這樣撲上前，前爪指甲宛如五吋長的剃刀，像切豆腐似地輕鬆深陷進昌子的臉部，接著往下一抓，從眉骨開始到下巴，五道深可見腦的傷口激噴鮮血，眼球被從中切開，上下嘴唇也被分成好幾個區塊。當貓爪經過頭骨和牙齒時，只發出了一點刺耳的聲音，便將它們也切碎。

乙羽昌子幾乎是瞬間斷氣，讓她速死的原因並不是頭部被一次切成好幾塊，而是心肌梗塞。不論是誰，看到龐大的黑色怪物撲向自己，都會無法承受這種恐怖的壓力。

怪貓繼續揮舞利爪，並湊近昌子被切開的頭部，一邊聞嗅著一邊舔食血肉和腦漿。怪貓的舌頭粗糙而靈活，穿過了昌子的眼洞，把裂成兩半的眼球組織舔食乾淨，發出了唏哩呼嚕，很美味似的啃食聲。

青森縣青森市新町二丁目

「哎呀……」

左手食指一不小心就被割破了，鮮血鼓成脹胖的一滴。島田町子放下切到一半的蘋果，將傷口移至水龍頭下沖洗。

不知爲何，今晚沒來由地心神不寧。

屋外下著大雪，天色比往常還要漆黑，從廚房窗戶望出去，彷彿雪地裡只有自宅似的，周遭是完完全全的黑暗，似乎什麼都不存在。流動的自來水讓傷口不那麼痛，反而感覺到的是刺骨冰冷。今晚是怎麼了呢，情緒好像特別低落。

「蘋果還沒切好嗎？」丈夫眞介聲音由遠而近，「啊，切到手了？」

町子苦笑，「一不小心就——」

眞介皺眉，關上水龍頭，抽了幾張面紙，替町子按住傷口，「還好傷得不深。」

「嗯，擦點藥就沒事了。」町子敷衍似地說著。

眞介注視著妻子，狐疑，「妳今天是怎麼了？」

「嗯？」

「好像一直有事讓妳煩心……晚飯時也是，差點打翻整鍋湯。」

町子搖頭，「其實也沒什麼。」

「產前憂鬱症嗎？不會吧。前幾天都還很好啊。」眞介有點擔心，畢竟是新手爸媽，兩人都對即將來臨的預產期有些緊張。「對了，岳母決定好哪時過來了嗎？下星期就是預產期了，妳也希望她早點來幫忙安排吧？」

「說到這個……」町子終於吐露心聲，「晚飯前我打電話回甲府市的娘家，要問媽媽行李準備得如何，決定哪時過來。不過，家裡電話沒人接。我想，媽媽說不定是出去了，於是就打她的手機，可是手機有開機卻沒接。不知道怎麼搞的……手機上會顯示未接來電，理論上媽媽會回電才對，但這麼晚了……難道她也沒帶手機出門嗎？」

「原來妳是在擔心這個啊。」眞介安撫道，「說不定岳母一直沒注意到手機有未接來電，或者本來要回電，但忙東忙西就這麼忘記了。」

町子側著頭，「……是這樣嗎？總覺得不安心呢。」

「不要想太多了，來，先到客廳坐，我去找OK繃和碘酒。」眞介從背後輕推町子，溫柔地說道：「明天上午再打回去，沒事的，不必擔心。」

「嗯……」

町子本想打到父親的手機，但又覺得自己神經兮兮。本來嘛，哪會有什麼事呢？一定是自己想太多了。說不定是因爲身體裡荷爾蒙不平衡，所以影響心理。町子想，也許就是這樣沒錯……也許喔。

山梨縣甲府市中村町

「下雨的夜裡，心也淋濕了，」乙羽末雄下了計程車後，一路上搖搖晃晃，扯開嗓子唱著美川憲一[4]的名曲〈柳瀨布魯斯〉，「何況我獨自一人，更加寂

[4] 美川憲一，本名百瀨由一，一九四六年生，爲日本著名中性演歌藝人，代表作有〈釧路之夜〉、〈柳瀨布魯斯〉、〈天蠍座的女人〉。

寞……」

按了老半天門鈴，都沒人應門。莫非昌子睡得太熟，沒聽到電鈴聲嗎？唉呀這個老太婆，前幾天還喊著因爲更年期而失眠，怎麼今天就完全康復了？

末雄一面哼著歌，一面摸索著口袋裡的鑰匙。好不容易壓抑住醉意，對準了鎖孔，正要一鼓作氣——

「咦？這是怎麼啦？大門根本沒鎖——不，連關都沒關嘛——」末雄停住哼唱，自言自語。「奇怪了，這樣不會感覺有冷風咻咻吹進家裡嗎？搞什麼嘛。」

乙羽末雄一面走進家裡，一面在玄關踢掉鞋子。玄關留著一盞不甚明亮的小燈，屋裡十分安靜，看來老婆的確已經睡了。末雄把大門愼重地鎖上，腳步踉蹌地穿過走廊，把脫下的大衣隨手放在客廳沙發上。只要是有應酬的晚上，昌子都會在廚房留一壺茶給他。這是多年來的習慣，末雄不假思索地走向廚房，想好好喝杯茶解酒。

隨手一按，廚房的燈亮了起來，末雄站在原地一愣，有點摸不著頭緒。廚房地上好像打翻紅色顏料似的，又濕又黏，杉木地板上有一大灘猩紅痕跡。

「這是什麼啊？打翻的蕃茄湯？」末雄滿腹疑問，然後他很快確定那絕不是什麼食物。腥臭味讓末雄極欲反胃。

一種不好的預感開始擴散。

乙羽末雄瞬間清醒過來，他快步走向通往二樓的階梯。但，就在他穿過客廳之時，一股寒意從他的頭頂往下竄流。有東西在看他，注視著他。他感覺一股視線正目不轉睛地盯著自己。

末雄下意識地傷感起來，他有種預感，昌子八成已經遭遇不測。接著取代這種傷感的是悲痛與恐懼。雖然不知道到底對方是什麼人，但是末雄的心裡激起一股融合悲傷與求生意志的力量。他深深吸氣，雙手握拳，準備要和闖進家裡的惡徒來場搏鬥。即使輸了也無所謂，他要替凶多吉少的昌子報仇，也要爲自己爭取求生的一線希望。

然而，乙羽末雄怎樣也沒有想到，在陰暗屋子裡等待著他的，並非什麼強盜歹徒，而是一隻懷著沉重怨恨的漆黑怪物。

乙羽末雄霍地轉身，正好迎面對上怪貓張開的血盆大口，酸臭濃厚的血腥味像一記重拳直擊末雄的臉！他根本還不知道自己剛剛看到的是什麼，然而身體已經重重地跌坐在地上。

「這、這……」這時恐懼已經戰勝一切，他心有餘悸，嚇得手腳並用，連連往後退。「這是什麼……」

一頭身形如老虎的大貓從暗處現身，微亮的燈下牠的血色雙眼和黑毛顯得格外驚人，宛如來自地獄，屬於惡魔的寵物般。怪貓細長的雙瞳盯著乙羽末雄，腹肚裡再度發出淒厲的叫聲。

「你們全家都要付出代價！這是乙羽泰彥造成的結果，要恨就恨自己不懂得教導兒子吧！」那聲音令人作嘔，像是一群婦女和兒童在貓腹裡集體尖叫。

「什麼？什麼……我不懂……」

乙羽末雄當然無法理解，他不懂兒子到底做了什麼事，去哪裡招惹到眼前這頭怪物。他不明白，不了解，也不知道自己那驚恐無辜的眼神就像被乙羽泰彥用膠布悶死，用熱水燙死的可憐小貓們一樣。

如虎般碩大的怪貓靜悄悄地往前一躍，化作利刃的貓爪切開了末雄高舉抵擋的手，伴隨著慘叫，另一下的攻擊就這樣切開了乙羽末雄柔軟的腹部。乙羽末雄的驚呼和太太昌子一樣很快就結束了，不同的是，他的意識還算清楚，他看著怪貓把頭埋進自己的腹腔裡，咬嚼著血肉和內臟，他的呼吸愈來愈急促，腦海裡除了疑問之外只盤旋著另一股單純的意念。

被吃掉了，被吃掉了，被吃掉了，被——

在閉上眼時，末雄看到了。

看到了泰彥用燒紅的鐵絲刺進小貓的耳朵；泰彥把貓扔進混合著油與水的鐵桶，然後扔下一根火柴；泰彥用捕獸夾夾斷貓的前爪；泰彥把腐蝕劑灌進貓耳和嘴之中——那些畫面如此清晰，像是一連串恐怖紀錄片。配合著內臟被啃食嘶咬的聲音，末雄毫無力氣去分辨去理解。事實上，那麼做也無濟於事了。

不知過了多久——

木質的地板上血味濃厚，像是一塊大形砧板，上面放著的是一具被切碎的，黏膩屍體，黑紅色的血塊和肉渣合爲一體，以極緩慢的速度變硬、變乾，空氣裡盡是腥臭味。

屋外的雪，愈來愈大了。輕緩的雪花落下的速度變得急促，院子裡曾幾何時已經積了一層薄薄的白雪。雪夜裡，一頭黑貓在月光下洗臉，輕輕舔著前腳，再用前腳仔細地整理鬍鬚。黑貓瞇著眼，不怕冷似的，持續清理自己的儀表。冷凝的雪花落在黑貓弓起的背上，仔細看的話，就能看到雪花被貓的溫度融解成水珠。四周十分寂靜，就像雪片呑噬掉了所有聲音似的。

洗好臉後，黑貓伸伸懶腰，躍上乙羽家那不算高的圍牆，就這麼離去。復仇的心情是怎樣的呢，恐怕除了黑貓自己，再也不會有人知道了吧。

大阪府大阪市中央區今橋三丁目

乙羽幸子猛然從床上坐起！

涔涔冷汗浸濕了背，頸上的短髮也被汗濕，顯得格外服貼。

「搞什麼啊……現在可是寒冬呢，竟然熱得一身汗。」

幸子伸手點亮檯燈，掀開被子，下床喝水。

凌晨四點多，距離平常起床的時間還很久，可是卻清醒得不得了。幸子拿著玻璃杯，走到窗邊，從窗簾的縫隙看著戶外的水泥停車場。幸子所住的出租公寓規模很小，一層只有四戶，總共八層樓而已，扣除作爲洗衣房和出入口、電梯間的一樓，戶數連三十都不到。反倒是大廈旁的空地十分寬敞，據說在前幾年被開發爲停車場。

天還沒亮，甚至，連亮的跡象都沒有。

幸子重重喘著氣，仍覺得悶熱。平時怕冷的自己，竟然不必披上睡袍就敢起床，這還眞是奇蹟啊。幸子一口氣喝乾杯裡的水，返回流理台前，把杯子放進水槽之中。

在這種莫名其妙的時間點醒來眞是討厭。幸子一面想著，一面鑽回被窩。然而，就在她重新拉好被子之時，一種難以形容的煩悶與焦慮突然佔據了她的心。於是幸子又重新坐起身，她抱著棉被，不知道這種突如其來的怪異感是怎麼回事……是因爲身體不適嗎？說不定是感冒前兆……幸子闔上眼，說服自己繼續睡。

就在意識逐漸朦朧之際，她好像夢見了許久不見的家人。很久沒有見到家人了，幸子在陷入夢境前在心底想著，好像很久沒有打電話回家，應該找個時間，抽空，和家裡連絡一下……即使覺得有些不適，幸子仍然很快地睡著，呼吸逐漸平穩規律，被子下的身形看起來微微起伏。

嗯……明天……不，今天……找個時間打電話回家看看吧……幸子意識朦朧地想著：就這麼決定了。

第12話

一面寫著初級法文課的作業，柴田一面吃著炒麵麵包。黑貓好像出門去玩耍了，不知道去哪裡遊蕩，並沒有回來的跡象。還眞有點寂寞啊。柴田默默想著。而且冷掉的炒麵麵包一點都不好吃，跟紅茶也不搭。

冷風從特意爲貓咪留下的縫隙吹進屋裡，暖氣顯得不太足夠。可是這裡是宿舍，總不能爲貓裝上寵物專用門吧。

今年冬天眞是冷啊。柴田放下筆，看了一眼掛在衣櫥門前的黑大衣。這件大衣是非常高級的法國名牌，又輕又保暖，不過，穿了好些年，畢竟還是舊了。前陣子袖的內裡已經綻線，柴田仔細地用黑色細線縫補好，希望這件大衣還能再穿個十年。反正，不是流行款也好，這麼一來就不會退流行了。

吃完炒麵麵包，喝完今晚不知道第幾杯紅茶後，柴田終於從書桌前起身。已經快天亮了，現在是凌晨六點多。法文課的作業只寫了一半，心緒總是不寧。柴田也不知爲何自己一直在想著乙羽泰彥身邊的女孩。

龍造寺狛江。

眞是令人無言的名字，乙羽泰彥那傢伙想必沒看過《鍋島貓騷動》吧。

「喵嗚。」

「哎呀。」柴田的臉上不自覺浮現笑容，對著剛從陽台出現，前腳踏入房間的黑貓打招呼，「歡迎回來。」

黑貓回應似地喵了一聲，宛若這裡的長期住客一般，熟悉地找到了櫃子旁的軟靠墊，那是柴田之前爲黑貓準備的臨時小窩。黑貓用前腳仔細地踩踩墊子，站上去繞了繞，但又下來。牠走到水碗旁喝了點水，才又回到墊子上繞圈，重複繞了好幾圈之後，才緩緩地窩下來。黑貓謹慎地收好尾巴，蜷成一團發亮的毛球。

「好好休息吧。」柴田彎下腰，輕輕摸著黑貓。

黑貓低低地喵了一聲，伸出粗糙的舌頭舔了舔柴田的手。那是充滿信賴的動作。柴田心裡湧上一股溫暖的情緒。

□

在整理抽屜時，森崎不小心翻到了那個信封。他有點害怕地縮手，打算用被移出抽屜的毛衣再度覆蓋住。此時此刻，他想起了由里子。

多年前的那晚，由里子用顫抖的手，拿著一張黑白超音波照，像是要奉上什麼東西似地遞給他。那陣子不知道正在持續著第幾波或者第幾十波的婚姻戰爭，就在一個看似將再度陷入冷戰的晚餐時分，當他從微波爐中拿出一人份的冷凍焗烤料理時，由里子從玄關衝了進來，手忙腳亂地打開皮包，掏出那張照片。

那個小點就是我的孩子。

他還記得，自己手裡緊握著照片，有種茫然不知所以的空虛感。而由里子則是以一種厭世的表情頹然拉開椅子坐下，她伸直雙腿的樣子，和主播台上的她簡直判若兩人。

多年前那個晚上啊，森崎記得，他想，這輩子會永遠記得吧。那是他第一次察覺到自己即將爲人父的日子。即使擔心多於喜悅，但那種純粹的驚訝感，以及沉重的責任感，至今仍十分清晰，在腦海中呼之即出。

森崎把摺好的毛衣重新放入抽屜中，開始討厭整理房間。

他記得由里子以不太愉快的聲音打電話回娘家，向岳父岳母報告，從聽筒擴散出的回聲以沉重的壓力形態襲向自己，拍打著想要喚醒自己將要爲人父的意識。即使已過了這些年，回想起來這一切仍然像前幾個鐘頭發生的事那麼清晰，一點都沒被歲月淹沒或淡化。奇怪了，爲什麼眞正的傷痛不會隨著時光流逝而癒合，反倒撕裂得更深更容易見骨呢？

森崎嘆著氣，關上了抽屜。

天就要亮了，即使天空還是暗沉的灰黑色，但是遠方準時熄滅的街燈卻已預告了黎明的到來。有時他很想在這樣的清晨騎著重形機車在一望無盡的公路上奔馳，看看能不能在某處靠海但沒落的港口停下，呼吸夾雜海潮氣息的濕冷清晨空氣，然後呼出白煙，以及滿腔的心事。

但那不是現實，只是空想而已。距離上一次他騎重型機車已有十年，而且他早就不知道哪裡的公路可以通往他想像裡那不知名的荒涼漁港了。

那麼現實是什麼呢？

現實是他和由里子的孩子死去了，由里子自責的同時也把憤怒轉嫁到自己身上，所有人好像都不約而同地悲憐那孩子，可是眞心的人又有多少？現實是，由里子終於忍受不了了，她選擇了更輕鬆的路。也對，由里子沒有理由再死守著那座空蕩的家。

那個家，死寂，一點聲音都沒有。回想起來，走廊上曾經傳來兒子那小腳奔跑的足音，可是，現在什麼都不剩了，宛若一座荒蕪的沙漠，死寂著。

□

同樣在東京都，徹夜未眠的除了忙著寫法文作業的柴田、傷感中的森崎之外，還有在家裡和丈夫討論案情的九条警部。

客廳的茶几上堆滿空啤酒罐，九条的一頭亂髮和有馬整齊的西裝頭恰好形成誇張的對比。有馬其實好幾次都想動用關係，把老婆趕出警界，他總覺得九条綾乃這女人已經為各式各樣沒完沒了的案件犧牲了太多。

可是，總是因為某些線索而神采奕奕的九条，也是有馬喜歡的樣子。在有馬第一次進入警署實習時，就被九条那十足冷硬的作風深深吸引。也許自己的審美觀真的很奇怪吧。有馬心想。不過，和九条結婚至今，卻從未後悔過。

「哼嗯。」九条在有馬面前揮揮手，「累了嗎？抱歉，又害你一晚上沒睡。」

有馬如夢初醒，「不，我只是在想事情。」

「在想什麼？羽衣案的線索？」

有馬失笑，「不，不是。」

「那麼，是在想什麼？」

「嗯，在想……跟妳結婚的事。」

「現在後悔可來不及了。」九条說道。

「我沒說後悔呀。反倒是，有種安心的感覺。」

「安心？」

「是啊。以前實習時，只要回到家，就會開始在想，妳是不是也回家了，還是又偷偷去辦案。後來實習結束，調回警視廳後，這種情況更嚴重。每天一睜開眼就在想，妳的一天會怎麼過呢，會遇上什麼樣的人，還是什麼樣的案件。」有馬正經八百地說道，「這造成我很大的困擾，也讓我很煩心。」

「難怪……」

「是啊，所以只好冒昧提出結婚的要求。」

「嗯哈哈哈。」

「不過，妳又爲什麼會爽快地答應呢？」

「這問題你早就該問了吧？都已經結婚了這麼久……」九条望著微亮的天際，緩緩說道，「因爲啊，我想，如果是有馬的話，應該沒問題吧。」

有馬聞言，浮起淡淡的笑容。「這答案眞好。」

「眞的嗎？」

「是啊。眞的很好。」有馬微笑。

九条並沒有看向有馬，她只是伸個懶腰，打打呵欠。音響裡飄出音量極小的歌劇，是有馬很喜歡的〈費加洛婚禮〉。在這裝潢得既時尚又高雅的空間裡，有馬不禁感到一種非常踏實的幸福。他一度以爲在看過那麼恐怖的刑案後，會不由自主地對人類失去希望，然而九条卻打破了這種想法。九条似乎從來不曾被人性的黑暗擊垮，這種堅定的信心，有馬認爲很珍貴。他想守護這個家，這個怪怪的女人，還有她的那份執著。不過，這種打算卻不好意思宣之於口。反正，說不說出口並非重點，實際行動才是重點——九条，也一定這麼想的吧。

□

上午十點二十分．羽衣大學殺人事件特別搜查本部

「驗屍報告已經出爐了。」九条動動頸子，一夜沒睡，身體有點僵硬。

正當九条要繼續說明時，特搜本部的門無預警地被推開，一名身高約一百八十五公分，穿著合身高雅的鐵灰色風衣，濃眉大眼，擁有明顯輪廓，年紀和森崎相仿的男子毫不客氣地走了進來。

「我是霧島。」男子冷漠但簡潔地說著，看著九条以外的眾人。

「忘了跟大家說明，今天的會議，我們請來了名法醫霧島研一郎博士。」九条好整以暇，朝著霧島一笑，「請坐吧，霧島博士。」

霧島冰冷的語調聽起來就像屍體開口說話，「不用了。還有許多屍體等著我呢。直接切入正題吧。被害者板倉有紀，二十一歲，臉部受到重擊後昏迷，腹部被切開，致命傷有多處，胃、脾臟、肝臟總共被刺二十九刀，大量出血。根據切口判斷，兇器有可能是短刀或者不起眼的小刀，這意味著兇手可能對死者有極大的恨意，或者極殘虐的個性，才能用那種小刀造成死者身上那麼大的切口。死者下體有嚴重撕裂傷，應該是用隨手可得的保特瓶或者其他塑膠類物品硬塞進入而造成。這

是最近難得一見的殘忍謀殺。以死者手腳被綁的情況來研判，這絕對不是臨時起意的犯行，而且兇手對於如何折磨人很有一套，手法俐落，不排除是慣犯的可能。」

九条瞇著眼，「……如果不是殺人慣犯，而是虐待動物的慣犯呢？」

霧島森然點頭，「也有可能。總之他的手法是經過練習的，只是不知道練習的對象是人還是什麼其他動物。不過，看得出來兇手並沒有受過醫學訓練，不像是有醫學或者解剖常識的人。」

「原來如此。」

「報告到此爲止，那麼我就先告退了。」霧島就像機器人似的，自顧自地離開。

九条看了眼已被關上的門，在心裡默默嘆了口氣。這傢伙還是那張撲克臉。霧島研一郎、森崎、梶谷、宮木和九条在少年時代就已相識，霧島從以前便不多話，後來像是回應宿命般成爲了法醫，同時也變得愈來愈冷峻。當然，他的改變有著許多理由，然而那些理由究竟是表面上的說法，抑或眞正的原因，並沒有什麼人知道。總之，霧島他十分孤僻，其孤僻程度，就連走獨行路線的森崎也望塵莫及。不過，也因爲那冷酷的表情，霧島很容易便成爲年輕女警的偶像，特別是喜歡冷硬派大叔的女孩子，幾乎個個都很崇拜霧島。

「……搞什麼啊？」初次見到霧島的年輕警探似乎完全搞不清狀況。

「霧島博士就是那樣啦。」老鳥說道，「神出鬼沒，來去匆匆。」

九条在白板上寫下了霧島報告的重點，說道：「目前，案發當天被監視器拍到曾經出入死者住所的，就是她的前男友乙羽泰彥。剛剛霧島博士提到了重點，兇手的手法經過練習，而羽衣大學裡有證詞指出，乙羽泰彥涉及虐待動物。」

「所以，警部妳才會提出，可能是虐待動物的慣犯。」

九条點頭，「沒錯。報告的內容已經影印給各位，在微量物證的部分——」

這時，特搜本部的門再度被打開，是跟九条同組的今井。今井閃身而入，臉色凝重。

「又怎麼啦？」九条語重心長。

「派去調查乙羽老家的阪口和太田有重要回報。」今井鐵青著臉，「乙羽泰彥的雙親在今早被發現陳屍在自宅之中！」

「什麼?!」九条雖然一直有不好的預感，但卻沒想到竟會成眞。「快說清楚。」

天生一張圓臉，長相彷彿是邁入中年的麵包超人，今井油亮的臉擰扭在一起，把手上一疊照片分別遞給九条和其他成員傳閱。

今井似乎就快吐出來似的，「乙羽末雄的屍體在客廳被發現，乙羽昌子的部分屍體則是被塞進了廚房的冰箱。屍體嚴重毀損，看起來就像被猛獸啃咬撕裂過。目前甲府市警方已火速展開偵辦。」語畢，今井從口袋中掏出了手帕，抹了抹滿頭大汗。

「是誰發現屍體的？」九条問。

「是我們派去的阪口和太田。他們在進行潛入搜查時發現的。而且，屋裡並沒有被侵入的痕跡。」今井續道，「甲府市警方已經通知了乙羽家的子女，想必乙羽泰彥也會立刻回到山梨的老家去。」

「可別跟丟了。」九条語氣充滿幹勁，「我現在馬上趕去甲府市一趟！塚本和木下你們兩個跟我來；今井，特搜本部暫時交給你；其他人按照原本分配的工作執勤。如果乙羽泰彥不打算回山梨的話，要儘快通知我。」

「是！」

刑警們紛紛從座位上躍起積極動作，九条一面看著照片裡令人作嘔的屍塊，一面皺起了眉。她拿起桌上的電話，想了一會兒才想起霧島的手機號碼。他才離開沒多久，應該還在路上才是。

果然，霧島很快便接起手機。「我是霧島。」

「我是九条，你現在在哪裡？有幾張照片想請教你的意見。」

「我在往白金台的路上，要到東大醫科學研究所附屬醫院❺去。」

「那麼，我去白金台找你。」

「我會在研究大樓等妳。」

「好，我會儘快趕到。」

九条掛上電話，低頭重新檢視著今井拿來的照片，這時特搜本部只剩她一人，其他刑警們已都狂奔離去。九条有股想打電話通知森崎一起碰面的衝動，不過那種感覺只持續了幾秒。這樁愈來愈血腥的案子到底是怎麼回事呢？這疑問馬上就沖淡了想要和老朋友見面閒聊的衝動。

照片裡的屍體如果是在森林裡發現的，那還比較合理。好好的人到底是被什麼人用什麼手段搞成這樣？

❺ 全名爲東京大學醫科學研究所附屬病院，早在明治年間即設立前身（大日本私立衛生會附屬傳染病研究所），大正五年改隸於東京帝國大學，昭和四十二年正式改稱現名。與位於本鄉之東京大學醫學部附屬病院並不相同。

第13話

從青森搭機到羽田空港需要一個多小時，再加上從羽田到甲府必須換三次車，再怎麼快，全程加起來也至少需要六個鐘頭左右的時間。大腹便便的島田町子此時並不覺得疲倦，全身神經緊緊繃住，不管是在巴士、飛機還是電車上，她都處於一種高度僵硬警戒的狀況中。

這是理所當然的，任何人接到了警方打來，宣稱自己父母雙雙遇害的電話，反應差不多都是這樣的。島田町子是在中午時分接到電話，起初，她以為那是詐騙，但掛上電話後，青森當地的警方也上門了，町子才意識到事態嚴重。

她從家裡的預備金中取出五萬圓，加上錢包裡還有三萬圓和信用卡，估計應該夠了。町子一面穿起厚重的大衣，一面回想著警方所說的話，警方的語氣鎮定平穩，彷彿正在述說著無關緊要的瑣事。

乙羽町子小姐吧？我們是刑警，有件不幸的消息要通知您——您要不要先坐下來，嗯？是嗎，那麼我們就直說了——您在甲府老家的父母親被殺害了。

被殺害了。

被殺害了？

是強盜殺人嗎？不是的，警方很簡潔地回答，只是催促島田町子儘快趕回甲府市協助認屍。可是，可是怎麼會呢？怎麼會這樣呢？為什麼會是殺人案？被殺害了？一向平凡又普通的父母，怎麼可能被殺害？不，應該說，怎麼可能跟人結怨，並且鬧到了被殺害的地步？

想到這裡，町子忍不住落淚。前幾天，母親才打電話過來，說要到青森陪伴自己生產的……天哪，怎麼會呢？爲什麼會發生這種事？町子離家前撥了好幾通電話給丈夫眞介，但他仍在開會，過了一個多鐘頭後才回電。眞介聞言當然也嚇了一跳，立刻請了假。另一方面，也連絡上了在大阪府工作的幸子，幸子也正趕往甲府市老家的途中。可是弟弟泰彥卻遲遲沒開手機──哎呀，泰彥啊，到底在做什麼，現在這種情況……

町子把臉朝著車窗。

也許是因爲寒冬的緣故，天色很快就暗了。玻璃反映出町子蒼白無血色的臉。爸媽都被殺害了……這種事不是距離很遙遠嗎？不是只會在電視和報紙上出現嗎？令人感到不眞實，彷彿永遠都不會和自己有關。町子一直很平凡，她知道也接受自己的平凡，並且也覺得平凡就好，對家人抱持的態度也一樣，她以爲父母最終死去的情況會是因病，甚至某些意外，但絕對不是被殺。乙羽家並不是和黑道、犯罪或暴力有牽扯的家庭，因此那些殘忍的死法對他們來說就像是另一個世界裡，毫不眞實的存在。

抵達甲府市時，天色已經黑了。町子拉拉大衣，一時間她有些迷惘。對了，這次並不是要回家──而是要到警方那裡才對。一念及此，町子顧不得四周人來人往，眼淚就這麼流淌在冰冷的雙頰上。

「請問，您是乙羽町子小姐嗎？」忽然，一股充滿溫柔的女性嗓音問道。

町子急忙抬頭，伸手拭去淚痕，強打精神，「是的！您是──」

對方是位年輕美麗的小姐，長髮，一身黑洋裝，就像是娃娃般完美。她年紀約莫二十歲左右，笑容可掬。「您好，我是負責來接您的。敝姓龍造寺。車已經準備好了，請跟我來。」

「是，麻煩妳了。」町子有點迷惘，龍造寺小姐是警方的人嗎？應該是吧。她沒多問，只是默默跟著美麗的龍造寺小姐往外走去。

迎接町子的是一輛看起來具有高級和穩重感的黑色轎車，不過車上並沒有其他人。

龍造寺小姐替町子打開了後座的門，體貼溫柔地說道：「您還是坐後座比較舒適吧？」

町子順從地答道：「是，謝謝。」一面心想，這位小姐大概是考慮到自己是孕婦的關係吧。

替町子關上車門後，龍造寺逕自走向駕駛座，上車之後立即發動引擎。町子從後照鏡裡可以清楚看到，這位小姐臉上的笑容好像忽然結凍似的，變得充滿寒意。雖然覺得不太舒服，但町子並沒有深究。長達六個多鐘頭的旅程對即將臨盆的孕婦而言還是太操勞了，在汽車行進了一段時間後，睡意不知不覺便侵佔了町子的意識；漸漸地，恰到好處的車內溫度和柔軟的座椅讓町子陷入了熟睡。

□

親愛的孩子，不要哭泣

那些悲傷的日子，都已遠離

可憐的孩子，不要哭泣
逝去的靈魂們啊，終將安息
親愛的孩子，張大眼睛
猩紅色的審判日，迅速降臨
有罪的人們，不要躲避
與罪相等的責罰，已經降臨

「……有罪的人們……不要……躲避……與罪相等的……責罰……已經降臨……」

從黑暗深處傳來幽幽的女性歌聲，有點模糊，有點空洞。那歌聲很像是母親唱著搖籃曲，平緩溫柔。那聲音很特殊，好像含著淚，帶著悲愴哽咽著。那是搖籃曲的曲調嗎？是吧，大概是……

身體有種異樣的感覺。

是變得輕盈了吧。但也不完全是這樣，好像被摘除了什麼，切除了什麼似的，有種混雜著輕鬆感的空虛。然後，想要深吸一口氣，但卻十分困難。本來在吸氣時會感受到肌肉收縮，在這瞬間卻什麼都感受不到，頸部以下彷彿失去了知覺。

失去，知覺？

町子猛然睜開眼睛。

想要尖叫，可是叫不出來。她張大嘴，鮮血像是急促的水流從她的唇間滿溢出，但町子卻因爲看不見自己，因而毫無所覺。不知道是不是麻藥的關係，町子並沒有感到什麼痛楚，她只知道自己可以控制嘴巴張闔，可是嘴裡卻完全沒有感覺，即使牙齒相撞擊，也絕無不適。

眼前有著微弱的光。

身體完全沒有知覺，頸部以下像是從未存在，憑空消失了一般。那麼，孩子……町子無法確定，那些曾經有過的感覺是空白的，空白一片，沒有，虛無，零。

眼前微弱的光裡，有人影。

那束背著光的人影移動著，是那個開車迎接自己的女人吧？形體的邊緣泛著奇怪的光線。龍、龍造寺嗎？是她嗎？仔細想想……那是個少見的姓，古老的。那女人終於讓町子看清了。她懷裡抱著什麼，輕輕唱著搖籃曲。

「親愛的孩子，不要哭泣……那些悲傷的日子，都已遠離；可憐的孩子，不要哭泣……逝去的靈魂們啊，終將安息；親愛的孩子，張大……眼睛，猩紅色的……審判日，迅速降臨；有罪的……人們，不要躲避，與罪相等的責罰，已經降臨……」

那一定是搖籃曲吧。町子想。因爲連自己都覺得好想好想睡。

歌聲還在重複著，輕柔無比，曲調和緩，撫慰人心。

「——這孩子眞乖，不哭不鬧。」

自稱龍造寺的美麗女子不知何時停下吟唱，但仍搖晃著臂膀，仔細看，她懷裡有團血肉。或者，應該說，一團被取出的血淋淋嬰孩。嬰孩早就沒有呼吸，發育良好的四肢緊緊縮傍著小身軀。

町子看著龍造寺懷裡的那團血肉，再度發出無聲的尖叫。這次的尖叫不同，身爲母親的本能，她知道龍造寺懷裡抱著的是誰。町子瘋狂地張大了嘴，可是沒有舌頭的嘴最多只能發出令人作嘔的恐怖嘶吼。

町子的世界瓦解了。

龍造寺微笑著。

「不要激動，應該不會痛啊……啊啊，妳說這孩子是嗎？是啊，眞聰明，是妳的孩子……不會，一點也不困難。切開了肚子，切開了鼓脹的子宮之後，用我的手把這孩子，抓出來。不是說過不要激動了嗎？妳是無辜的，孩子也是啊，對嘛，我當然也知道……可是，我的同胞們也都是無辜的，但卻被妳那親愛的弟弟用更殘酷的方式凌虐致死……妳知道他是怎麼做的嗎？用好幾把刀射進快分娩的母貓腹中……然後再順勢一一切開。是嗎？跟妳無關？是的……可是其他被他殘酷弄死的我的同胞也跟他一點關係都沒有，不是嗎？」

町子根本不懂也不想懂龍造寺的話，她死命盯著龍造寺懷裡已經沒有呼吸的肉塊，喉嚨裡發出嘎啊嘎啊的聲音。怎麼能——怎麼能這麼做？她的孩子——可憐的孩子……

「還沒這麼快結束。」

龍造寺突然雙手一鬆，嬰屍就這麼摔落在地板，發出帶血的潮濕悶響，低低的滋一聲。她那雙泛著血霧的瞳孔收縮著，緩緩地蹲了下來，在悲痛萬分幾欲昏厥的母親面前，徒手把嬰屍的頭擰下來。孩子的頭部不大，放在手心的樣子就像個大蘋果。龍造寺把無頭的小身體踢到一旁，雙手捧著嬰兒頭部，貼近了町子。

「看清楚吧，這可是妳的孩子，花了一番功夫，才從妳肚子裡取出的可愛孩子。沒有媽媽的孩子很可憐，對吧？所以我懷著仁慈之心，讓這孩子在黃泉路上等妳……妳就不會寂寞，也不會掛記著孩子了……說起來，我比妳那恐怖的弟弟，更有人情味呢。」

多溫柔多血腥的語氣！

但町子已經連憤恨的力氣都失去了。她的意識再度隨著龍造寺唱起的搖籃曲而模糊不清，黑暗朝她襲來，她也希望自己被黑暗吞噬——這樣不是很好嗎？還是死掉，才輕鬆吧？

□

乙羽幸子簡直快瘋了。

她狠狠盯著一票不知該說什麼好的警員，以十分不滿的語氣問道：「所以呢？我姊姊她應該已經到了甲府市，不是嗎？人呢？她挺著個大肚子啊，就快生產了！」

這時正好從案發現場回到警署的九条，聽見了乙羽幸子的問話，她環顧左右，「發生了什麼事？」

「乙羽家的長女町子，本來大約應該在晚間七點左右到達，我們派人去迎接，可是等到了九點多都沒見到人。」刑警太田答道。

「說不定是錯過了。她會不會直接坐計程車到案發現場去了？」九条沉著地問。

「看樣子並沒有。目前正在詢問車站人員，也在找監視器。既然是孕婦，應該很好認出。」

「你們也太無能了吧？連接個人都會失敗，難怪一點保護人民的能力都沒有！就是因爲這樣，我爸媽才會——」幸子已經認過屍，也在旁吐了好一陣子，現在正努力藉著滿懷憤怒來掩飾喪親之痛。她不顧一切，高聲叫著，「我爸媽一直一直都是努力過日子的老好人！爲什麼會慘死？爲什麼會這樣？你們難道一點頭緒都沒有嗎?!」

九条冷然地答道：「說不定，這是復仇。」

情緒激動高昂的幸子猛然瞪著九条，「妳在胡說什麼?!復仇？不知道動機就坦白說不知道，何必亂捏造？我爸媽從來就未曾與人結怨，怎麼可能有仇家？」

「是沒錯，目前聽到的消息似乎都是如此。」九条淡淡地說道，「可是乙羽家的三個孩子呢？就不曾與人結怨，或者做過什麼壞事嗎？小姐，我可不是針對妳，我只是朝所有可能方向思考而已……」

「妳這女人——妳到底是誰？」

「敝姓九条。」

九条沒再說明什麼，爭論不是好事。而且看情況，需要派人好好保護乙羽幸子了——如果乙羽町子也失蹤，那麼對方就是針對乙羽家有備而來的復仇者。這種手法還眞毒辣，不去動乙羽泰彥本人，卻找上了他無辜的家人。

正當房內氣氛僵持不下時，一名甲府市當地警員拿著快遞送來的紙盒進房了。「這是指名要給九条警部和乙羽小姐一起拆封的，說是重要的光碟。」在紙盒的正面宅配單上的確已註明，是光碟。

「一起拆封？」九条看著年輕警員，「送快遞來的是一般人沒錯吧？」

「是的，那是負責本區快遞服務的年輕人，常常見到，並不陌生。」年輕警員將紙盒放在灰色辦公桌上後便行禮退出了。

紙盒約莫是五十枚光碟片大小。

太田刑警看著紙盒，「既然會指明九条警部和乙羽小姐一同拆封，那麼——」

「是啊，先採集指紋吧。」九条果決地下達了命令。

「採集指紋？」乙羽幸子想了想，臉上浮現驚訝的表情，「會和殺害我父母的兇手有關連嗎？」

「恐怕是吧。不然，有什麼理由要乙羽小姐和我一起拆封呢？在今日之前，我還不認識小姐妳呢，而且除了令尊令堂的案子之外，我們也沒有任何關連，對吧？」語畢，九条靜靜地轉頭注視著小紙盒。

會是什麼呢？

不要是什麼挑戰警方的物件就好，

也希望和乙羽家目前下落不明的長女沒有關連……

然而，九条腦裡的不祥預感卻也同時在預告著些什麼。

——是什麼呢？

第14話

九条點燃菸，徐徐地呑了一口，「──那傢伙竟然沒打算回老家看看，還眞是絕情啊。」

乙羽幸子怒瞪九条，但卻也無話可說。她從小巧的鼻子發出不同意的哼聲，目光移向桌上的紙盒。「……不是指名要我們一起打開嗎？」

「我還以爲乙羽小姐不打算乖乖聽話呢。」

「妳眞的是警察嗎？可以這樣對被害者家屬說話嗎？」

「我個人是不太在意這些小事啦──喂，電腦準備好了嗎？」

九条朝門外呼喚，很快地，有位員警帶著一部由網路警察所監控的筆記型電腦走了進來。警局裡的電腦爲防止病毒以及駭客，會安裝一套特殊系統，既可以防止天才駭客寫出來的天才病毒，也可以監控網路，防止資料光碟在電腦裡植入駭客程式，或者自行消除資料等等功能。紙盒裡塞滿了碎紙條，裡面有片僅僅以棉套套住的光碟，光碟上沒有任何文字或符號。紙盒裡的光碟剛剛已經被拿出來過，用來取指紋。筆記型電腦一下便吸入了光碟。

畫面出現後，乙羽幸子便叫了出來。「那、那是姊姊！躺在那裡的是姊姊！」

「冷靜點啊。」九条盯著螢幕，她知道已經來不及了──都已經被製作成光碟，恐怕島田町子她──

場景好像在某間寬敞的廢棄工廠，大腹便便的島田町子平躺在工作檯似的地上，腹部高高地隆起，接著，一道人影由遠而近走向町子。九条馬上認出，那是龍造寺狛江！龍造寺朝著應該是鏡頭的位置笑了笑，仍然美豔不可方物，她伸出手，那雙手卻毛茸茸地，和她那美麗的臉完全不搭，那幾乎不能被稱之爲手，比起來更像是某種動物的利爪，乍看之下，會以爲那是某種無聊的惡作劇手套。

龍造寺狛江仍對著鏡頭，她深深一笑，「……乙羽泰彥那傢伙，傷害我的同胞和主人，現在，他得加倍償還。要看清楚了，這可是特別獻給大家的精彩表演。」

語畢，龍造寺用那動物般的利爪往島田町子隆起的腹部劃開，鮮血馬上染紅一切，島田町子毫無反應，沉沉睡著。龍造寺徒手拉開傷口，一把扯出了足月的嬰孩、臍帶和胎盤，她瘋狂地笑著，嘴愈裂愈開，露出白森的犬牙，美麗的臉不知何時扭曲了，扭曲成貓的臉——

龍造寺一手摘下胎盤，將之塞入自己嘴裡，那裂開的血盆大口宛如天生就適合吞噬，在瘋狂的剎那間，九条彷彿看到龍造寺就連眼瞳也變得貓般。是貓！那是貓吧，不會錯的——是貓的臉。

正當九条在心裡將虐貓事件與此刻情景結合，並推理出結論時，乙羽幸子的尖叫立時將她的思緒拉回現實中。

「咿呀呀呀——」

像是鐵絲互相磨擦時發出的刺耳尖銳噪音，乙羽幸子根本無法相信自己眼前的畫面。即使再怎麼說服自己那只是虛幻，並非現實，但——實際上又怎麼可能是假的呢？即使畫面裡是未曾相識的陌生人都已令人感到萬分驚嚇，更何況那名被剖開肚腹的少婦正是自己親姊姊！

乙羽幸子閉上了眼，在自已的慘叫聲中跌落座椅，摔倒在地，昏了過去。

九条一面叫喚著女警，一面緊盯著螢幕，但不知何時螢幕已變成一片黑暗。女警忙亂著將乙羽幸子抬出房間的聲音，外頭警員們說話和急促的腳步聲在九条耳邊繚亂起舞，但她毫無感覺，直到口袋裡的手機驀地震動起來。

□

柴田看著森崎通話的表情，總覺得事情好像更加複雜嚴重了。不過，自己是普通老百姓，光是知道案情細節就已經是很不得了的事，總不能變本加厲，還參與其中吧？如果可以的話，回家和小狛培養感情應該是更好的選擇吧？

小狛，呼呼呼。柴田在心裡輕輕呼喚那隻神出鬼沒的黑貓，真奇怪，那貓好像聽得懂人話似的，只花了一點點時間就適應了自己的新名字。

「那個……」森崎的聲音打斷了柴田。

「是。」

森崎像是在回報什麼戰敗消息似的，深鎖著眉，「乙羽泰彥的父母被殺了，他姊姊好像也出了事。小綾，不，九条警部現在人在山梨，乙羽的老家。」

「可是——不，我的意思是，怎麼會發生這種事情呢——」柴田驚訝地問道，「那麼，乙羽泰彥也該趕回老家了吧？」

「似乎並沒有呢。」森崎那張好看的臉此刻神情沉重無比，「不過，沒有什麼不能回去的理由對吧？」

「是啊，家裡出了這麼重大的事。兇手呢？知道是誰嗎？」柴田在心裡大喊不妙，應該不至於是被害者板倉的家人吧。「會是板倉家……」

「板倉家的復仇？」

「嗯，我只是很直覺地想到這個。不過，不太可能吧。」柴田憂心忡忡地搖頭。

森崎教授倒像是忽然想起什麼似的，從書桌抽屜拿出一個小紙袋。紙袋是古典的牡丹豔陽圖案，看起來十分華麗。

森崎教授將紙袋遞給柴田，訕訕地說道：「這個是下午開完研討會時在高田馬場附近買的。這陣子辛苦妳了。」

「啊，這一定很貴重吧，我不能——噗，呵呵——」本來想答謝婉拒的柴田在打開紙袋後倒是決定收下。「眞是可愛，典雅但又很有質感呢。我代替小狛謝謝您。」

「不用客氣。」森崎教授連忙揮揮手。

看來買貓項圈是完全正確的選擇啊。反正也不清楚柴田同學喜歡些什麼，恰好隨意進入的店裡有西陣織的貓項圈，於是便選了一款深紅色附鈴鐺，充滿質感的款式。

看著柴田難得的笑容，森崎有種安慰和愉快的感覺。上一次這種感覺是什麼時候了呢，眞是一點也想不起來了。竟然想不起來——這樣的人生到底算是什麼，是悲哀吧，森崎想著。

□

二十四小時營業的無人自助洗衣店裡，在接近天亮時，客人是最少的。因此，乙羽泰彥選擇了這個時刻。

他提著鼓鼓的黑色旅行袋，面無表情地走進洗衣店中。一名看起來約莫三十歲左右的平凡男子正從烘衣機裡拿出好幾件被染色的馬球衫，一面打著呵欠，一面把馬球衫塞進塑膠提袋中。和乙羽擦肩而過時，他正瞇著眼，似乎在洗衣店裡的漫長等待讓他幾欲昏迷，根本沒有注意到乙羽的旅行袋裡似乎有東西正在蠕動。

男子離開後，洗衣店再也沒有其他客人。

乙羽看看周圍，然後走近烘衣機，將黑色旅行袋直接丟進去，他眼明手快地關上上蓋，將溫度調到最高。很快地，烘衣機馬上發出怪異的聲音，仔細聽的話，可以聽到可憐嘶啞的小貓悶叫。

乙羽泰彥盯著烘衣機，過了一會兒之後，他閉上眼，彷彿沉浸在某種音樂殿堂裡似的，露出萬分陶醉的表情。

眞好啊。

這些該死的貓。

「你是，乙羽泰彥沒錯吧？」

這時一道冷峻的男子聲音從他背後傳來，有張麵包超人似圓臉的中年男子，唯恐路人認不出他的身分似地穿著風衣，手上拿著警視廳的證件。乙羽還沒反應過來，只見一旁又衝出兩名刑警衝向烘衣機前想營救小貓。

乙羽懶洋洋地轉頭看著酷似麵包超人的警探，「現在，是怎麼了？找到殺害我父母的兇手了嗎？」

「原來你還關心你父母的事啊，眞看不出來！任何人聽到這種消息，都會第一時間趕回家才對，可是你竟然還有時間留在東京做這種事——把可憐無辜的小動物丟進烘衣機裡？有什麼天大的理由要這麼做？」

「……」乙羽似乎想說些什麼，但隨即放棄似地垂下頭。

事到如今，他根本不知道這一切是怎麼回事。仔細想想，逞一時之快殺了板倉有紀後，那種短暫的高昂情緒馬上就消失無蹤——爲了讓自己亢奮，只好再重新找尋可以虐殺的對象。然而本能又驅使他避開了危險，他知道不能再以人類爲下手目標，最終，他在情急之下竟然闖空門到普通人家家裡偷貓。是呀，只要是貓就可以了。他重重踩在貓上，一隻戴著防走失名牌的黑白毛色的家貓，就這樣被他當作腳墊踩上去，落得雙目噴出，脊椎斷裂，內臟全碎，失禁而死的下場……

今井收起證件，看了一眼從烘衣機裡拎出來的行李袋，年輕警員從袋裡拎出兩隻奄奄一息的小貓，一隻褐色虎斑貓的前腳被釘子穿過，另一隻黑白相間的小貓則是尾巴部分只剩下了骨頭，毛皮已被剝除。

「現在要以違反動物愛護法與相關條例之現行犯逮捕你。」今井如是說道。當然，重點在於盤問板倉一案，虐貓事件只是幌子而已。

「要逮捕我嗎？」乙羽忍住恐懼，表現出毫不害怕的樣子，「無所謂，隨便你們……我沒有錯，也沒有犯罪。」

今井很熱似地，滿臉通紅，將臉上的汗水擦乾；乙羽泰彥雙眼死氣沉沉，虛無地看著呼吸停止的小貓。就在今井從腰間掏出手銬之時，整間自助洗衣店裡的燈光忽然同時熄滅，接著，是一股帶著血的腥味，強烈地瀰漫著室內。過了幾秒，燈光再度同時亮起，但乙羽泰彥本來所在的位置已經空無一人！黑暗的時間很短，而且周圍一片寂靜，乙羽怎麼可能就這樣憑空消失呢？

但，現在可不是思考這些的時候。

今井總算反應過來，喘著粗氣，「哎、哎！快點追啊！」

然而，深夜的街道上沒有行人，也沒有半輛車經過。今井看著淒迷月光映照著街道，背後湧起一股難言的寒意。既沒有聽到移動的腳步聲響，也沒有聽到自動門打開的聲音，就連乙羽本來那濁重的呼吸氣音也好像被按掉開關之後就這樣被切斷。

□

「我回來了。」柴田輕輕地打開房門，手上拎著森崎教授所贈的小紙袋。

「咪喵嗚。」黑貓精神奕奕地豎起尾巴向柴田走來，牠十分溫和地抬著小臉望向柴田。

柴田輕輕關上房門。

有生命的。

貓咪。

柴田腦袋裡跳出破碎的字眼，但她甩甩頭不以為意，蹲了下來，用拇指輕輕揉蹭著小狛的鼻梁，小狛十分享受地瞇起眼。接著，柴田將森崎買來的項圈替小狛戴上。

「小狛。叫妳小狛可以吧？」

柴田的手指移至了小狛的額頭，像是要表達什麼似地，小狛張開嘴無聲地「喵」了，只有嘴形卻沒有聲音。柴田乾脆席地而坐，黑貓小狛也就這麼鑽進她的懷裡，發出舒服滿足的呼嚕聲，小小的身軀柔軟地起伏著。彷彿跌進甜美的夢鄉，柴田渾身都放鬆了，只想用身體溫暖這頭可愛的小貓。貓兒的呼嚕像是一曲最溫柔的搖籃曲，柴田很快地閉上了眼。

當柴田被手機鈴聲吵醒時，是凌晨時分，小狛不在房裡。柴田睡眼矇矓地摸索著，這才發現自己竟然在玄關處就這麼倒地睡著了。鈴聲仍然持續著，她從大衣口袋裡找出手機。

「喂喂。」

「抱歉，吵到妳了吧？」是森崎教授。

「唔嗯，沒什麼。您有急事吧？請說。」

「剛剛九条警部打電話給我，乙羽家的長女也出事了。如果可以的話，她希望我們一起到山梨去。另外，警方本來要以虐貓現行犯逮捕乙羽泰彥，但現在出了很嚴重的問題。」

「嚴重的問題？」

「嗯，詳細情況我不清楚，但——乙羽泰彥好像憑空消失了。」森崎教授的語氣既緊張又帶著滿滿的歉意，「其實我很猶豫，一直覺得不該把妳牽扯進來，但卻還是這麼做了。」

「別這麼說。」柴田看向窗外，深夜裡月色明亮。

「學校方面的事就交給我處理，妳不用擔心。」森崎如是說道。

出門前，柴田將貓飼料和水全都準備好。不知怎麼，她有點擔心小狛。然而那樣的擔心也只能是擔心而已。此刻的柴田，除了疲倦感之外，心裡也浮現了不祥的預感。這次前往山梨，好像有一種不太妙的感覺……不妙啊。

第15話

涼涼的。

硬硬的。

這是最先透過神經感知所感知到的。自己躺在冰涼又堅硬的地方，是地面上吧。然後……這味道……有熟悉的血的味道……還有貓吧，很淡很淡的貓的味道。貓和狗不同，即使很長一段時間沒洗澡，仍不會有明顯的體味。專賣貓的店裡，也不會有太濃的氣味。

這裡是……

乙羽泰彥掙扎著坐起身。眼前是一處骯髒的廠房，不知荒廢了多久。一盞昏黃的燈從約有六公尺高左右的鐵皮天花板垂下，電線輕輕搖晃著，上頭盡是蛛網。燈光很暗，因此大部分的區域都被黑暗籠罩。乙羽仔細地看看了自己所躺的地板，是許多戰後興建工廠會使用的磨石子地板，除了自己躺過的地方外，四處都堆積著塵埃。

「唉呀，終於醒了。」黑暗中浮出一抹甜膩的聲音，「竟然睡了整整一天……本來還想讓你見見姊姊的，可是——嘿嘿——算了，不見也無所謂吧，你本來就是沒有任何感情的人嘛。最後一面什麼的，對你來說根本不重要。」

伴隨著話語聲，乙羽泰彥本來預計會見到聲音的主人——龍造寺狛江，沒想到出現在他面前的，卻是久違的討厭鬼，板倉有紀的愛貓。

「阿、阿玉?!」乙羽失神大叫，對著黑貓狂吼，「該死的東西，怎麼會——」

阿玉頭上多了一只華麗的紅色項圈，牠的眼珠不再是那熟悉的灰綠色，而是血紅一片——但，乙羽泰彥怎麼可能認不出來呢?!那眼神，彷彿看透他一切惡行的眼神是那麼熟悉，那麼令人憎恨！

「沒聽過《鍋島貓騷動》嗎?」黑貓阿玉從喉間發出人類女子的淒厲笑聲，「啊哈哈哈哈——」

「可惡！」乙羽泰彥一骨碌站起，隨手抓起棄置在角落的一根木棒，他揮舞著木棒，嚎叫道：「妖怪！妳這妖怪！」

「哎呀呀，可眞嚇人！不過，話說回來，你這人也太冷血了吧——完全都不關心自己的家人發生什麼事了嗎?嗯?」

「發、發生什麼——」乙羽會意，怒目而視，「是妳這頭妖怪闖進我家，殺害我爸媽，是吧?太可怕了!怎麼會……」

「你是想問，爲什麼我這頭老黑貓會變妖怪，對吧?咿嘻嘻嘻嘻，還不都是拜你所賜嗎?若不是你殺害了那麼多我的同類，牠們的怨氣與恨意也不會輕易凝聚啊!是怨念，同伴冤死慘死的怨念轉變成我的力量，讓我得以報復你這恐怖兇手!」

「媽的！」

乙羽不加思索便衝上前，想用木棒狂毆阿玉，但阿玉輕巧一跳，乙羽便失去重心，砰一聲摔倒。被絆倒!是被絆倒的!乙羽想要把不知何時纏上左腳的東西拉開，卻發現在自己腳踝上抓到一團類似肉條的黏滑腥物。定睛一看，那是個人類嬰兒，黏呼呼的嬰兒臍帶。更正確地說，是一端連結著嬰兒的臍帶纏住了他的左腳。

乙羽泰彥驚呼一聲，反射性地甩開手，但那種令人作嘔的黏膩感卻揮之不去。

「……為什麼？為什麼要這樣對待貓？我們到底做錯了什麼？為什麼要用盡各種殘忍的方法虐殺我的同類？」森冷的女子聲音在瞬間逼近又離去。

乙羽渾身冷汗——現在是怎麼回事？貓的復仇，是這樣嗎？可惡，就算是又如何?!

「人！人是萬物之靈！是一切的主宰……貓算什麼？為什麼不能宰殺？」乙羽泰彥驚恐地無法思考，他想起警方談到父母死狀淒慘，心中不由得充滿恐懼。「妳要做什麼?!妖怪？太可笑了。啊啊，去死，管妳是什麼，去死啊！」

這時黑貓的身影忽然消失，接著半空中一道刺眼的銀光一閃，宛如閃電般擊中了乙羽的手腕，唰地，四道極長的切口噴出鮮血，這時痛楚才猛地蔓延。乙羽緊緊按住鮮血狂流的傷口，激動地咆哮。

怎麼可以這樣?!操控權一向都在自己手中才對！我才是主宰者、主宰者！

濁重的呼吸聲在四周低低迴盪著。乙羽不論再怎麼看，也沒辦法判斷阿玉身在何處，手腕上的傷深可見骨，層層皮肉翻起。這時他才知道，原來被切開，是這種感覺。

——反正，即使活著離開，也有警方在等著。乙羽瞪著空無一物的半空，暗自下了決心。那好，就一起同歸於盡吧！驚恐逐漸從他的臉龐退去，目光裡的殺意變得濃重萬分。對方只是一頭貓罷了。乙羽說服自己。殺貓，這件事他可說再拿手不過了，對吧，對吧？

□

乙羽家殺人事件的調查本部設在山梨縣警的甲府署，因此森崎和柴田一抵達甲府市，便搭上了九条派來的偵防車，一路直奔甲府署。

在甲府警察署內，森崎與柴田被九条以協助辦案的名義，邀請一同研究那片不知來歷的光碟。

「……我想聽聽兩位的意見。」房間內只有九条、森崎和柴田三人，但九条還是降低音量，「坦白說，我不認爲影片裡的那位龍造寺小姐還是人類。或許兩位會覺得身爲刑警怎麼能說出這種話……」

「不，我多少能理解。」森崎倒是坦然。

他沒有不相信的理由，畢竟，就連他自己的能力，也算得上科學無法解釋的情況之一。因此，森崎從來就同意世上有許多科學無法解釋的存在。

至於柴田，大致是因爲和森崎同樣的理由，因此她也不反對九条的說法。雖然覺得不可思議又恐怖無比，但若是依目前的情況看來，恐怕也只有九条的假設能說明這一切。

「其實，我……」柴田本想說些什麼，但她忍不住又看了一眼最後的畫面，但這時她似乎發現了什麼。「奇怪……那裡……是貓嗎？」

森崎和九条順著柴田所指之處，那是在畫面邊緣的一小角，似乎在暗處，站立著一頭黑貓。

九条沉著地說道：「已經下令要儘快找到光碟的拍攝地點。我在想……乙羽泰彥說不定也被帶到那個地方去了。」她看看錶，現在已經是早上八點左右。「兩位辛苦了，這次協助調查的費用，我們警方會支付的。」

森崎苦笑，「這不是重點吧。」

「話雖如此，但現在我們處於什麼也不能做的情況，只好閒聊打發了。」九条伸伸懶腰，「還是，你們打算聽我把案情整理一次？」

森崎和柴田不約而同地點頭。

「既然如此，我就說說自己那沒證據而且也沒人會相信的假設好了。首先，乙羽泰彥應該就是虐貓和殺害板倉有紀的兇手；不過，比我們還早知道這一切，而且也不需要證據的怪貓決定替主人報仇——就是畫面上這頭黑貓，牠八成就是板倉有紀的貓——然後，怪貓先是噬殺了乙羽夫婦，接著是誘拐了島田太太，也就是乙羽家的長女，並同時殺害了她和胎兒……就如剛剛光碟裡的情況。現在，怪貓終於要和乙羽泰彥做個了斷，所以才把他帶走。嗯，大致上是這樣，應該沒有任何人會相信吧。」說到最後一句，九条無奈地笑了。

這時一陣急促的敲門聲引開三人的注意力。

「請進。」九条說道。

門迅速被推開，一名巡查報告道：「已經按照示找到光碟裡的那棟建築物！就在中村町的貫川社區附近。」

「派人過去了嗎？」九条急急起身。

「這倒還沒，一切都等您的指示——」

「如果可以的話，我們也去。」森崎不知從何而來的勇氣，以堅決的眼神看向九条。

九条不知是覺得無妨，或者本來就認爲森崎和柴田最好到場，她快速地點點頭，要兩人拿起外套，跟上她的腳步。

□

這樣的情況不知道已經持續多久了。

阿玉總是從難以理解的地方飛衝而來，在乙羽的身上一劃，就是數道皮開肉綻的傷口。到了剛剛，乙羽似乎就快要對這一切麻木。然而，另一陣腳步聲卻愈來愈近——是什麼人跑來這裡？是警察嗎？現在才來……乙羽在內心慘笑著——

「果然！」對方是一男兩女的奇怪組合，發出聲音的是九条。「沒想到竟然在這裡！」

九条一個箭步上前，清楚地看到乙羽身上眾多傷口，有的仍大量出血，有的像是連續反胃了二十四小時後乾澀的嘴唇那樣，看起來乾癟無比。

雖然打從心裡認定乙羽泰彥是個該死的傢伙，可是身爲刑警，該做的是逮捕犯人，將其送上法庭。因此，九条忍住想順便補個兩槍送乙羽歸天的想法，轉身掏出了槍。其實，她並不是眞的想要開槍，那多半只是基於職業訓練的本能。

「太多管閒事了！」

忽然間一陣刺耳的尖叫衝向九条，九条俯身一滾，靈敏地閃躲掉了阿玉的奇襲，但阿玉那黑色的身影也隨即消失得無影無蹤。這時，本來和戰鬥無關的柴田卻偏偏瞬間注意到阿玉身上的紅色項圈——

那不是、那不是自己親手替小狛戴上的嗎？一時間黑貓在懷裡撒嬌的溫暖觸感立即衝上心頭。

顧不得一切的柴田在黑貓再度飛身撲向九条的瞬間一躍而下——

森崎的指尖幾乎就要捉住柴田的外套，但，還是落空——

柴田在剎那間彷彿再度將黑貓抱入懷中，可惜並未如此——

九条的食指本能地扣下扳機，只有一槍，在那關鍵的一秒——

乙羽泰彥忽地發出狂笑，身子一扭倒在地上。但沒人去理會他。九条之所以救他，是爲了送這該死的傢伙上法庭，而不是因爲珍惜他的性命。

「柴田！」

森崎不自覺地咆哮起來。他衝向倒臥地上的柴田，抱起柴田無力垂倒的上半身，森崎清楚的感受到來自柴田身上的種種黑暗記憶，但其中卻也夾雜著關於那頭黑貓的，充滿溫暖的記憶。那是，柴田這輩子最幸福的時刻吧？

柴田顫抖地從身體底下抽出手，滿掌鮮血。「……眞糟。」

「不，不要說話！」森崎緊緊抓住柴田，他完全了解柴田這麼做的理由。他只能拚命安慰，「撐住，要撐住，救護車馬上就來了。」

「……是嗎？」柴田用盡最後一絲力氣，苦笑，閉上眼，笑容就這麼凝結住。

「不會有事的，不會有事的。」森崎全身僵硬，一面承受著柴田傳來的大量黑暗記憶，一面想讓柴田的身體保持溫暖。

九条注視著散發著青煙的槍口，過了半晌，直到聽到其他刑警匆匆奔跑而來的腳步聲，她才意識到這一切。她頹然扔下了槍，走近昏迷的柴田，蹲下身望著柴田身下大灘的鮮血……

至於那頭黑貓呢？

誰也沒看到。

在那棟廢棄的鐵工廠裡只發現了兩名傷者：意外中槍的柴田和渾身是血的乙羽；另外發現的，是兩名死者：被剖開腹部而死的孕婦島田町子，以及從她子宮內取出的胎兒——胎兒被擰下的頭部像是小球似地在某個陰暗的角落被尋獲。

沒有什麼貓的蹤影，就連腳印也沒一個。

尾聲

病房的門發出陳舊的「呀」聲，然後開啓。森崎教授抬頭，在病房門後的是表情複雜的九条。

九条還是一貫刑警的打扮，雖然被停職了，但仍然四處查案。她沉默地走至病床邊，看著依舊沉睡的柴田。柴田此刻的表情非常安詳平靜，與往常蒼白無血色的臉不同，如今她的雙頰泛著淡淡玫瑰紅，睫毛又長又翹，雙唇輕輕往上嘟著，好像有點生氣的可愛少女。

「看起來不像昏迷，像是睡著了。」森崎緩緩地說，他支撐起上半身，很能理解地看著九条，「不是妳的錯。」

「老實說，的確不是我的錯。可是，是我擊發的子彈打中了柴田，這也是事實沒錯。」

「霧島說過，她的生命跡象很穩定，只是不知爲何還是昏迷不醒。」森崎把目光移回柴田身上，「霧島那傢伙說要有耐心。」

這次的手術正好碰到前來開研討會的霧島，不知爲何，霧島看了擔架上的柴田一眼，立刻反客爲主，宣佈自己將成爲醫療小組的召集人，並且以精湛的醫術，花了二十個鐘頭，將柴田從鬼門關救回。

雖然對霧島的態度感到十分可疑，但九条並不覺得這是談論此事的好時機。她彎下腰，更靠近柴田的臉，柴田側臉貼著膠布，大概是翻滾打鬥時受的皮肉傷。不知爲何，眞的有種柴田只是沉睡中的錯覺。

「像是睡美人似的。」九条輕輕地說，握住柴田插著點滴的手。「不是讀得到我的心嗎？那麼，現在也能感受到我的歉意吧？」

森崎默默地望向九条，一會兒後視線又轉回被白色被單覆蓋住的柴田身上。九条最後放下了柴田的手，替她拉好被子。剎那間，森崎感受到了九条那冷酷外表下的心。也許九条曾經因爲長時間跟罪惡仇恨對抗而武裝自己，但是她的感情只是被隱藏起來，被環境束縛住而已，是吧。

「調查委員會待會兒要盤問我。」九条臨走之前說道，但神情卻很自在。

森崎點點頭，「我知道，下午我也會去作證。」

雙方極有默契地同時露出一抹苦笑。

這件事不能歸咎於什麼人。但九条說的並沒錯：是她的子彈擊中了柴田。這是事實，姑且不論當時柴田是否主動擋掉那一槍。這些都已經不重要了。甚至，停職也好革職也好，九条都已不在乎了，她此刻唯一的念頭，就是盼望柴田能清醒過來。

「對了，」森崎問道，「乙羽泰彥那傢伙呢？」

「起訴中。不過，判不了刑。」

「什麼意思？」

「他瘋了。精神狀況完全不行……說來很諷刺，他變成貓了。」

森崎訝異地追問，「變成貓……了？」

「如果你想去看看的話，我可以安排。或者，看看閉路電視的畫面也可以。總之，簡單來說，他的行爲已經不把自己當作人類，而是貓了。負責收押的警員們也很困擾，畢竟找不到人類可以用的超大貓砂盆啊。」

「什麼？」

九条嘆口氣，「他發出喵喵叫的聲音，不停地用手抓地，十指和膝蓋都已經潰爛了，但好像不會感到痛苦，持續以貓的姿勢生活著……吃完飯時，還會用手肘清理臉……」

「有這麼嚴重？」

「在心理學上好像有形容這種狀態的專有名詞，但我記不住。反正，這傢伙最後就是送去精神治療，不會有什麼實際刑責的。當警察就是這點最討厭，費盡千方百計，犧牲一切才抓到的犯人，在法庭上卻能輕鬆地逃之夭夭……」九条聳聳肩，停頓下來。幾秒後，她才再度開口，「我眞的要走了。柴田小姐一有進展就通知我吧。」

「我會的。」

九条離開後，病房像抽去靈魂的軀體似的，空蕩蕩的。森崎從椅上起身，踱步到灰濛一片的窗前。現在是週間的午後，從窗戶看出去，醫院中庭的草坪綠油油地，小徑上有幾位家屬和看護正推著病人的輪椅在散步。如果往再遠處看去，會看到一座人工湖，黯然的水色在這種日子裡看起來毫無美感，散發著一股死寂的氣味。

她不會死，只是昏迷。

把她當作睡覺也可以——

如果這樣你會比較好過的話。

霧島的聲音在森崎的心裡迴響著。

「……昏迷嗎？」森崎喃喃自語著。

其實森崎有點迷惘。他不懂自己怎麼會有那麼奇異的感覺。他一直以爲自己不是會有那種感覺的人。兒子死去時的打擊與疼痛固然是眞實的存在，但在目睹柴田胸前綻放出血紅色的花朵時，除了那熟悉的，心臟被撕裂般的痛楚之外，還多了一絲恐懼。森崎不明白那種恐懼是從何而來。自己在害怕什麼呢？害怕是自己牽累了柴田嗎？不，並非如此。那種恐懼是自私的，他所害怕的並不是死亡本身，而是如果失去柴田之後，自己在世上眞的是完全孑然一身了。她和自己，是僅存的同類，不是嗎？倘若失去了世上唯一了解自己的人，那會是多可怕的事？特別是曾經擁有後再失去，這比從來就沒有還令人難以忍受。

——忽然間，監控儀器發出了警示的嗶嗶聲，森崎連忙轉身衝向病床。柴田渾身顫抖著，像是受到電擊似的跳彈起來，病床發出快支離破碎的聲音。

「怎麼了?!」兩名護士小姐奮力推開房門，一人衝向床邊觀察柴田，另一人忙著檢查維持生命的儀器。

不一會兒，穿著白袍的醫生也匆匆奔入房中，指揮著眾人。「快連絡霧島博士！」

「是！」

森崎突然覺得自己什麼忙都幫不上，於是便靜靜地退至一旁。他注視著柴田那逐漸漲紅的臉，心裡泛起一絲奇怪的預感。

□

——柴田小姐，柴田小姐。啊，醒過來了，太好了。我本來擔心您會繼續昏迷呢。

——咦、咦？這不是小狗嗎？天哪……妳在對我說話？

——是呀。不過，我的名字叫阿玉才對。雖然對您感到抱歉，但這才是我的名字，是我的主人取的。

——這麼說來……唉呀，我，我終於明白了……可憐呀。這一切是我們人類不好，所以……

——即使我殺害了無辜的人，您依舊不顧性命地解救我，保護我，這份恩情我永遠都記得。我向您保證，不再和人類爲敵了。另外，我盡我的能力送您一份禮物……

──禮物……我不需要啊。小狛，不，阿玉，我……

──這是您很需要的禮物，請接受吧。

──可是……啊，妳要到哪兒去？

──到山上去吧，去沒有人類的地方……也許去寺廟吧。我對人類的恨，在您飛身救我時已消逝無蹤，現在我想去高山上的廟宇，靜靜地傾聽梵音。柴田小姐，請保重啊。謝謝您了……我會永遠想念您的……

戴著紅項圈的黑貓似乎在自己的手背上舔了幾下。柴田感到貓兒那粗糙無比的舌頭在手背上的觸感。黑貓的身影逐漸變淡，最後終於什麼也不剩了。柴田意識到自己並沒有睜開眼，這一切，大概只是夢吧。畢竟，她連自己身在何方都不知道，只感覺全身無比沉重，就連挪動小指指尖或者睜開眼睛的力氣都沒有……

□

三個月後

炫目白光在眼前飄移著。

柴田瞳孔收縮，眼眶泛紅，相較於蒼白無血色的雙頰，發紅的眼顯得妖魅。從淡藍色睡衣中伸出的手像是被畫上青色紋路似的，血管是如此的清晰。柴田揉揉眼，一根睫毛就這樣沾上她的手指尖。

霧島關上筆狀手電筒，順手放進了白袍口袋。他蹲下身，注視著柴田。雖然他試著表現出親切和善又溫柔的一面，但那張臉就是無法隨著心意變得柔和，因此，在霧島博士微笑的瞬間，不明就裡的人恐怕根本會以爲那是生氣或者發怒的表情。

「感覺如何？」霧島連說話都小心翼翼，彷彿怕太大聲會嚇到柴田。

柴田擠出笑容，「很好。」

「復原的情況很不錯。雖然一度以爲……不過，這眞是太好了。」霧島說道。

柴田點頭，回望著霧島博士，「這段時間太麻煩您了。」

「別這麼說。」被譽爲冰山、東京都冷血解剖刀的霧島博士，此刻臉上微微泛紅著。他考慮了幾秒，站起身，說道：「到中庭散步吧，今天陽光很充足。」

柴田還來不及回答時，病房的門響起了叩叩聲。

「請進。」柴田說道。

來者是森崎教授。「打擾了。」森崎帶著笑容走進病房，「柴田君今天看起來心情不錯啊。喔，霧島，你也在。」

霧島看看錶，不知何時已回復成冰塊般結凍的表情，「你帶柴田小姐去樓下散步吧，我趕著開會，恕不奉陪。」

「咦……」柴田帶著疑問，看著霧島。

霧島像是在閃躲柴田目光，別過頭輕輕說道：「我明天會再過來。請多保重。」

柴田目送霧島匆匆離去，一面看著他的背影，一面搖頭。

「怎麼了嗎？」森崎問。

「霧島博士是個很奇怪的人。」柴田想了想，「應該是好人吧，可是怪怪的。」

「喔。他……」森崎想起了霧島的過去，決定還是不提的好。「……大概天才都與眾不同吧。走吧，要到樓下去不是嗎？」

柴田搖頭，「其實並不想去……在教授您來之前，那是霧島博士提議的。」

森崎若有所思地點頭，「原來如此。那麼，」他換上輕快的口吻，「再躺回床上吧。」

「嗯。這張輪椅一點也不好坐。」

「再忍耐一陣子吧，等體力恢復得更好，就不需要坐輪椅了。」

森崎一面安慰，一面連人帶椅推向床邊。這陣子他負責抱柴田上下床，次數已多到數不清。但就在森崎和平常一樣向柴田伸出手時，柴田卻沒有配合地抓住或者抱住森崎的肩。

她一反常態地，注視著森崎。

「……唔，怎麼了嗎？」森崎的手停在半空，怎樣都不對。

「森崎教授——」柴田語氣變得嚴肅萬分，「不一樣了，對吧？」

森崎有點訝異，但隨即反問，「柴田君又是怎麼知道的？」

「不，我不確定，只是覺得奇怪。如果跟以前一樣，森崎教授能夠看到我的想法，就一定會追問某件事才對。但您卻沒這麼做，想必是讀不到我的想法，不是嗎？這……這是從什麼時候開始的？只讀不到我的想法，還是所有人的都讀不到？」

森崎縮回手，感嘆地直起腰，「沒錯，我現在沒辦法讀到妳的想法和回憶了。不過，只有妳……我想想，大概是妳完成手術之後吧。某個瞬間，我必須幫忙把妳抱上病床時，我猛然發覺，我竟然什麼都感受不到。」

柴田像是要確認眞實度似的，注視著森崎。半晌後，她說道：「……眞是奇怪。」

「是啊。」森崎直覺地回應，但隨即換上了愼重的表情，「不，不對。柴田君妳——妳是怎麼發現我已經讀不到妳的事？」

柴田微笑，「喔，您說那個呀。因爲我，不知道從何時開始，再也沒辦法讀到您的心思了。」

「什麼?!」森崎不可置信地追問，「只有我嗎？還是——」

「嗯，目前的話，就只有您的事我沒辦法感應到、看到……凡是接觸過我的醫療人員，他們的事都還可以清楚看到呢，就跟以前一樣。」柴田側著頭，「我也不知道到底怎麼了……可是，我打從心裡覺得這是好事。」

森崎當然深切了解，「絕對是好事。」

擁有相同能力的森崎很清楚，他們這樣的人是多麼害怕肢體上的接觸。每當他看著那麼多雙手在拯救柴田時，心裡不免同情柴田，在同時被迫接受了那麼多人的記憶與秘密，這會是多沉重的壓力啊。可是現在似乎有了轉變，柴田和自己互相無法感應到對方的事，也就是說，至少在彼此面前能夠成爲正常人——不害怕讀到對方的心思，也不害怕對方讀到自己的想法與秘密，這簡直就是無比的救贖。

「……能不能麻煩您伸手？」柴田突然說道。

「好。」森崎向柴田伸出了右手。

柴田鼓起勇氣似的，先輕輕地握住森崎那修長的手指，接著才雙掌相貼，緊緊的、牢牢的握著森崎的手。

除了溫度之外，什麼都感受不到。

柴田和森崎相視而笑。

「什麼都沒有，對吧？」

森崎難得地露出笑容，那是衷心感到難得平靜的笑容。他點點頭，「完全沒有任何感受。」

「……我可以，就這樣握著您的手嗎？」柴田感激地問道，「已經好久好久沒有辦法這樣單純地與人接觸了。」

妳比我幸福啊。森崎在心裡吶喊著。至少妳曾經不具有這種能力，單純地活過。眞的感受不到任何情緒，只有稍涼的體溫——森崎的內心忽然激昂萬分，這是第一次，一生以來第一次與人接觸，卻不必接受對方的任何情緒與任何思緒、秘密與回憶！

他也緊緊回握住柴田的手。「謝謝。」

手。」

「嗯？」

「我……是第一次可以這樣，單純地，不用承受任何感應地，握住某個人的

「教授……」柴田當然能理解。原本微紅的眼眶，終於溢出淚水。「我懂。」

「啊，妳哭了。」

「呵呵呵，可是心裡其實高興得不得了。教授，您也哭了？」

「不，那是砂子。」

「說謊。」

「眞的是砂子。」

「不可以因爲我讀不到您的心，就說這種爛謊話。呀！我說出口了，我讀不到您的心，也看不到您的事，哈哈。」柴田又哭又笑地抹去淚水，她突然向森崎伸出左手，「您，能抱抱我嗎？別誤會呀。」

森崎臉紅了一下，鬆開相握的手，動作有些凌亂地，彎腰把輪椅上的柴田抱進懷中。

這擁抱無關男女之情，純粹只是兩個得救似的人，互相索取一點溫暖而已。畢竟常人之間那種平凡的擁抱，在此之前對森崎和柴田而言宛若是天上月亮一樣不可得。柴田在獲得那種能力之前，她至少有過愉快單純的童年；但森崎卻不同，在他的人生中，這是一次明白什麼是眞正的、單純的、平凡的、沒有雜念的擁抱——他甚至在這瞬間先想要感謝上天把柴田帶來他的面前，又接著轉念要延後這些感謝，

只求能專注享受這無比自然平凡又單純的擁抱。

——如果不是病房門無預警地打開，恐怕這兩人還依依不捨不肯鬆手。

「咦?!」

梅宮眞琴、染谷早苗和磯村華子三人目睹眼前的畫面，同時發出了一聲疑問似的尖叫，梅宮手上一大束的香雪蘭，如同月九❻裡的特寫畫面般緩緩落地，脆弱的花瓣紛紛摔碎。

啊，糟了。

即使森崎和柴田兩人以最快速度分開，但還是不約而同在心裡叫了出來——這下謠言……唉，完蛋了！

《本集終了》

❻ 月九，意指日本電視台在月曜日晚間九點播出的偶像劇。

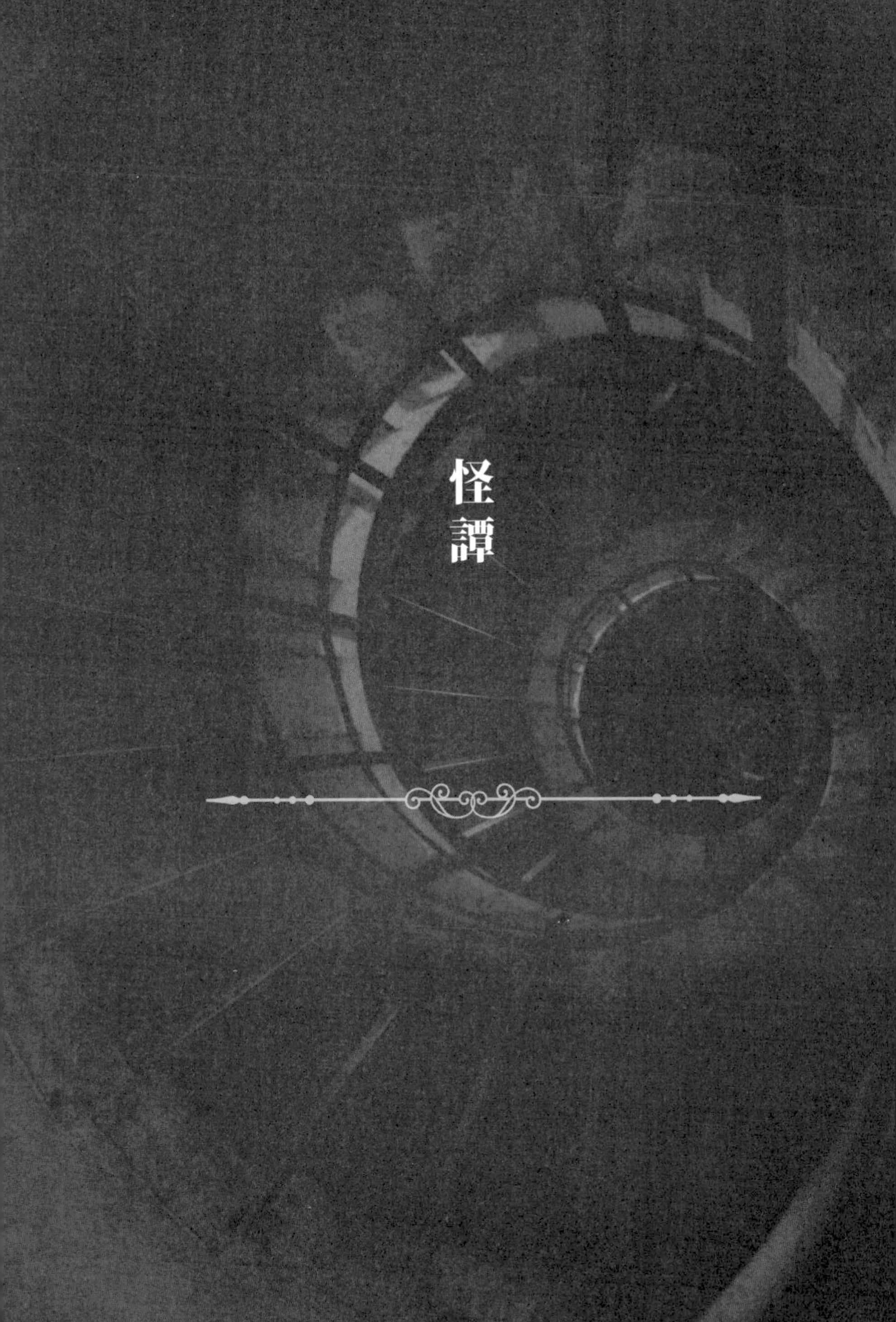

怪譚

悄悄話

那個時候，其實我並沒有想很多，以至於過了這麼長的一段時間後，我仍然有種搞不清楚狀況的感覺；當然並不只是感覺，實際上我仍不懂這一切是怎麼發生的，而且似乎沒有什麼可參考的解答。

回到那時，故事的開端。那個時候啊，小萍想要一支新手機，我想買給她，就這樣而已。對了，小萍是我當時的女友。

□

「已經逛遍整個西門町和獅子林了，沒有就是沒有啊！」小咩揉著剛釘上銀珠裝飾的鼻子，失去耐性，「走了好幾個鐘頭，累死了啦。」

「好啦，再繞一下，如果眞的沒有，那也沒轍。」我抓抓小咩染成鮮綠色的頭髮——觸感很乾硬，大概是漂過的關係。

小咩撥開我的手，把厚瀏海順好，「當你的女朋友還眞好命，人在家中坐，手機你買來。不像我們這些當朋友的，還得陪著你上山下海赴湯蹈火。」

「奇怪了妳，是妳自己愛哭愛跟路，我才勉強讓妳來的。」我笑了笑，還是弄亂了小咩的瀏海，「走吧，前面有Friday's，我請妳吃東西，吃完再逛。」

「眞的假的？你總算還懂一點朋友間的道義，哈。」小咩滿意地笑了。她還是笑起來比較可愛。

其實，小咩是第一個，我在線上遊戲認識的朋友。我記得那時玩RO玩得昏天暗地，除了「歡樂的廁所時光」之外，幾乎一直掛在電腦前。就在某天凌晨我覺得自己腦裡快要繃斷所有動脈然後中風之時，小咩主動來敲我。

在線上遊戲認識朋友是很理所當然的，但是等到遊戲熱潮消退，去除了共同的遊戲因素之後，在現實中還能有話題繼續往來的人，卻不常見。小咩是例外，後來成爲我女友的小萍更是例外中的例外。

認識小咩沒多久，她就約我出來看電影。那陣子常見面常出去，我甚至有點懷疑我們是不是互有好感，是不是會像某些網路流傳的故事一樣，因爲某個線上遊戲而找到眞愛……不過，我猜是自己亂想，想太多了。

我們連手都沒牽過，最親近的舉動是摸頭和掐痛對方。

我想我們沒有在一起。

後來某次網聚，小咩在電話裡告訴我，要去某醫院樓下的餐廳碰面。什麼啊，該不會有人打RO打到中風了吧？我那時是這樣回她的。後來，小咩難得嚴肅地臭罵我，說是有位網友車禍住院，所以大家乾脆約一約去探望她。那個「她」，後來成爲我的女朋友，小萍。小萍跟小咩是截然不同的類形，就像是桂綸鎂和椎名林檎完全不同，充滿強烈對比。

不知道是不是大男人主義作祟，我總覺得小萍很需要我的保護，而小咩四海爲友，忙得很。後來我常跑醫院，然後帶了一本九把刀的《等一個人咖啡》給小萍當作告白禮物。小咩聽到其他網友轉述這件事之後，她嗤之以鼻，覺得我眞的是阿宅界中的霸主（那是什麼？還是阿宅！），她說我應該送個什麼蒂芬妮銀鍊之類的高檔貨才有誠意。

我是窮學生耶，什麼嘛。

我記得那時是這樣回答小咩的。

不過有女朋友之後，我還是認命地去找了份打工做做，結果愈來愈少上網。男子漢大丈夫，還是要對女生好一點，給喜歡的女生好日子過。我是這樣覺得，但卻被人說思想很老派。

總之，我知道小萍的手機在車禍時摔爛了，現在用的是她爸爸多年前買的超醜陋手機，加上她的生日就快到了（她是水瓶座的），於是我決定買新手機給她。在網路上找了很久，後來有朋友轉寄一家手機店的網址給我，理論上那家手機行應該就是在獅子林大樓裡沒錯，可是不知道爲什麼我和小咩怎麼繞，就是找不到。後來我覺得可能是那封信是很久之前的資訊，說不定店已經搬走，於是我跟小咩就在西門町晃了整個下午，但就是找不到。

「我看，等下還是再去獅子林逛一次好了。」小咩突然這麼說。

「我也覺得可能是我們沒仔細找，然後就錯過了。」我說。

小咩看著我，搖頭，「戀愛中的男人果然大部分都是蠢貨。」

「奇怪了，難道妳不希望妳的男朋友也對妳很好嗎？」

「我喔，還好耶。反正他不要是個笨蛋就好了。」

「爲什麼我覺得妳好像在說我是笨蛋？」

「因爲我的確在說你是笨蛋啊。」

我眞是無言了。

唉。

後來，誰也沒想到，在獅子林那寂靜又塞滿禮服店的二樓一角，竟然找到了我們要找的那家手機店。顧店的是個年輕人，看到我跟小咩時臉上竟然露出了很訝異的表情。

好像我們不該找到這家店似的。

「我們想看看N97。你們有白的嗎？」我問。

「有啊，有白的。」年輕店員很快恢復熱絡交易，那種屬於店員該有的表情，說道，「不過我們不能刷卡喔。」

「是刷卡加3％，還是不能刷卡？」小咩替我確認。

「不能刷卡。我們沒刷卡機。」年輕店員聳聳肩，「N97全新空機免門號加上台製配件包是——我看一下——」接著說出了數字。

「你們是騙人的吧？再怎麼便宜也不可能差那麼多。」小咩聽完之後劈頭就說。

「騙人早就被砸店了啦，小姐。」年輕店員好像已經見怪不怪，「反正是眞的諾基亞，眞的全新機，眞的免門號。坦白說每個客人都這樣問，我也很困擾啊。不過我是工讀生，售價又不是我訂的，我也不能怎樣。我們老闆也是怕被一樓同行不爽才搬到二樓來的……」

小咩看看我，「怎樣，要買嗎？」

「可以試機嗎？」我問。

「可以啊，我拆一台白的給你試。不必有壓力，試完不買OK的，這是本店的宗旨，老闆說這是結緣啦。」年輕店員轉身在狹小的店裡翻找，一下子就找到了白色的N97。

由於超低價，加上店員先生開了實機借玩的關係，我最後還是掏錢買下了手機。在回家的路上，小咩不停地聒噪著，不停囉嗦，她覺得那家手機店問題很大很大。一定是賣贓貨的，不然就是仿冒品、走私貨。

她還說，叫我看仔細，商標是NOKIA，還是NCKIA，說不定是高仿。

「還高仿咧。如果眞的是高仿，就不會故意做成NCKIA了啦。」我興致勃勃地走向機車。

本來一切都很順利。

直到後來開始下雨，不喜歡穿雨衣的小咩要我快點送她回三重。可是在一個路口轉彎時，不知道發生了什麼事，我只覺得一片黑，然後，我感覺小咩的重量從車上消失，飛了出去。

等我好不容易站起來時，只看到摩托車卡在一輛大形灌漿車的側面，然後小咩躺在不遠處，她外表看起來沒什麼，只是安全帽脫落了，然後深紅色的鮮血跟她漂染成鮮綠色的頭髮混在一起。

那種怪異的顏色讓人無法忘懷，我呆呆站著。直到救護車嗚嗚來臨，穿白衣的人用擔架抬起小咩，我才看到，她的後腦頭皮早就被扯掉了，頭骨裂開。另外，腦漿其實帶著粉紅色，那是因爲微血管和鮮血的緣故。

這就是死亡嗎？

不，不僅如此。失去了好朋友固然讓我傷心，但眞正讓我覺得無法忍受的是，小咩並沒有**眞正離開**。

眼看著擔架被蓋上白布送上救護車，我清楚聽到救護車關門上鎖的聲音，可是我卻也仍然看到，綠色頭髮裡夾雜鮮血和腦漿的小咩不知何時出現在救護車旁。小咩那泛著灰青色的眼睛看著我，她笑了，朝著我笑。

我猜我是跑回家的。

被嚇得一路狂奔。

我躲進被子裡，冷汗涔涔。小咩她，天哪，死掉了，不是已經死掉了嗎？爲什麼呢？死掉了……後腦幾乎全碎，什麼都不剩地死掉了，只留下一灘又腥又臭的濃稠液體在柏油路上。

我覺得熱，但又覺得發冷。

幹，小咩知道我住哪。

可是，她的死是意外，跟我無關哪。我也不知道爲什麼死的是她不是我，應該不會找上我才對吧?!不過，剛剛——在救護車前——我感覺頭皮發麻，汗水從毛孔中不停溢出，初離開身體的汗水是滾燙的，但當它沿著我的臉滴下時，卻讓我感覺冰冷無比。

接著，我覺得自己眞是個壞人。

我在怕什麼啊?!

小咩是我的朋友不是嗎?她死了耶，沒命了耶，我竟然沒先感到難過，反而只會擔心自己，只覺得怕得不得了，現在是怎樣?我到底有沒有人性啊?!天啊!我用力扯掉被子，探頭出來大口呼吸。幹我眞無情!我責備著自己。

「喂，你在怕什麼?」那是小咩的聲音。

我不必瞪大眼睛，就可以清楚看到小咩那張開始變得暗沉的臉。她不可愛，一點都不可愛，她的臉上佈滿了血管紋路，皮膚變得透明，彷彿快要鼓脹破裂。說話時，小咩的牙縫不停滲出帶黑的血，嘴裡呼出的血味直噴我臉上。

她就站在我面前。

「你怕什麼啊，我們是朋友耶。」小咩更靠近我一點，「我都沒怕你了。」

「怕、怕我幹嘛?怕我陽氣盛啊?!」

「喂，你在說什麼啊?」小咩那張死去的臉，露出不解的表情。

「小咩，我們人鬼殊途，雖然以前是朋友……」

「幹等一下!」小咩激動大叫，沒想到眼珠卻突然掉了下來，她一手接住，使勁把眼珠壓回眼眶裡，可是這麼一來，就有更多血塊從眼眶中迸出。

「好好，妳別激動……」我實在不敢看她的臉，只好低下頭。

「你把話說清楚喔！」小咩用一隻比較正常的眼睛瞪著我，另一隻眼已經變成一團深紅與白色混雜的不明組織。小咩叫道：「什麼叫人鬼殊途啊？你給我說清楚這是什麼意思！」

「就是字面上的意思啊，妳是鬼我是人，以後我會好好超度妳，每年農曆七月都會燒紙錢給妳，妳就安心地去吧。」我緊抓著棉被不安地說道。

「安心地去吧？哈哈哈！」小咩大笑，這次鼻子噴出了青色的鼻涕和血絲混合物，她揉著鼻子，但是一用力，血便滲得更多。「你眞的——」

「眞的什麼？」

「眞的是白痴嗎？」

被鬼說成白痴……這種感覺眞是不爽。不過，看來死掉的小咩除了變得異樣噁心之外，似乎沒有要害我的意思。

「我爲什麼是白痴？」我這是在幹嘛？跟鬼閒聊？

「你眞的都沒有感覺嗎？剛剛在事故現場的時候，你一點感覺都沒有？」

「我只記得眼前一黑……我也不知道爲什麼自己沒有受傷。」

小咩搖搖頭，她的頭一晃，就可以看到碎裂的頭骨後半形成了凹洞。我一直覺得會有什麼東西從那裡面掉出來。

「看來，你好像沒看清事實。」小咩嘆氣，「我們沒有人鬼殊途好嗎？你跟我一起，聽清楚，是『一起』，一起死掉了。」

□

「幹。」我低低咒罵。

小咩點點頭，「一開始我也很難接受。」

之後小咩說什麼，我都無法集中注意力去聽。

警察和記者仍舊包圍著現場，不過，沒人注意到兩名死者的亡魂又重新回到了現場。原來，我之所以沒看到自己的屍體，是因爲有一半的身體被撕裂開來，卡進了灌漿車的底盤，另一部分拖著表層泛青的成堆小腸散落在灌漿車的另一側。雖然頭上還戴著安全帽，但是看起來已經毫無作用了。我繞到另一個角落，看救護人抱起我的頭和上半身。

我終於想起來了。

那時，我們根本就還沒到西門町。

在中華路與愛國西路的十字路口上，小咩很故意地惹我生氣，她說她討厭小萍。本來我以爲她在開玩笑，但後來她的聲音帶著哽咽，我嚇了一跳。就在燈號轉換時，小咩在我耳邊說了些什麼。我一分神，竟然催足油門在紅燈時衝了出去。

「可是……」我一片茫然。

小咩嘆氣，「結果，我們兩個還是去了西門町，還是買到了手機……」

「手機，對！天哪，妳不覺得，手機店店員看我們的樣子很奇怪嗎？」

「……對耶，他怎麼可能看得到我們?!」小咩大叫，結果這次耳朵掉了下來。

「天哪，我該不會也這樣沿路掉器官吧？」

小咩捂住失去耳殼的小小耳朵根部的孔洞，那裡滲出黑色液體。「你沒啊，只是到處都拖著腸子。」

順著小咩指的方向看去，果然，我的腰部裂成斜形的傷口，部分的胃掉了出來，垂掛著，而腸子拖得老遠，像條青色的滑溜尾巴。如果是寶藍色就好了，至少會有點像納美人的尾巴，幹。

「是說，那間手機店……」我滿腹疑惑，看著小咩。

發現自己的死相之後，突然再度覺得小咩其實還是很可愛。至少正面看起來，可以說是還算正常，不像我，上半身和下半身完全被切斷，腸子還拖得老遠。

「要去那間手機店看看嗎？」小咩問我。

「也好。」

回到獅子林後，我終於明白爲什麼一樓的手機行沒人主動招呼我們。唉呀，眞是。我和小咩默默地搭上往二樓的電扶梯，循著原路找到了那家手機店。手機店店員還是那名年輕人，他這次並沒有露出訝異的神色（現在我倒是可以理解爲什麼他之前看到我和小咩時會有那種表情）。

「嗨，手機有什麼問題嗎？」他主動打招呼。

「你看得到我們？」小咩皺眉。

「喔……」年輕店員走出櫃檯，指著走道另一頭，一位穿著棕色毛呢西裝上衣的老爺爺，他正站在一間禮服店前徘徊。店員問道，「看得見那位老爺爺嗎？」

「看得見啊。」我說。

「我也是。」

「那麼大家都一樣啊。」年輕店員說道，一面翻起了右手的袖子，手腕上有道明顯可以見骨的傷口。傷口開著，血肉都已變乾。「我這可不是很俗的割腕，是有氣魄的切腕，不過沒斷就是了。至於那位老爺爺，是以前這裡火災時的死者，他在這裡很多年了。不只這裡，仔細去觀察，就會發現像我們這樣的亡靈滿街都是。你們是新生吧？多逛逛就會習慣的。」年輕店員收回了手腕，如此說道。

我開始不安，「會習慣？我們就這樣在人世遊蕩嗎？」

「不知道。」年輕的店員乾脆地回答。「有的亡魂一下子就到了下個階段，有的卻像我繼續半死不活地存在著。也有的像那個老爺爺，一待就是十幾年啊。不過，你們至少互相有伴，不是嗎？」

□

後來後來，小咩陪我把手機帶去小萍的病房前。本來以爲這樣很浪漫，沒想到卻把她嚇得昏過去。又過了很久很久，幾個月吧，我跟小咩在一起了。雖然搞不清楚這一切是怎麼回事，以後又會變成什麼樣，但我和小咩決定不去想那麼多。

其實我和小咩是互相喜歡的，活著的時候就是了，不然我不會在小咩在我耳邊說出喜歡我時就這樣激動催發油門衝出去，對吧？

女人心

我看了眼牆上的鐘，再幾分鐘就凌晨三點。喔，天哪，總算完成了。我撐住，用最後一絲力氣把文件存檔，然後寄給出版社的編輯和自己的備用信箱。這次比約定好的截稿日晚了兩天，幸好編輯沒抓狂。

我的工作是很普通的日文翻譯，大部分是翻譯雜誌內文，有時會接一些小說的案子。翻譯是個表面看起來挺有藝術人文氣息的工作，可以帶一台筆電，找家咖啡店坐上一天，不時看看窗外什麼的；我不否認的確是有這樣的日子，不過更常發生的是像今天這樣，已經過了約定好的截稿日，然後在家跟電腦和厚度高達十五公分的日文辭典（有時還不止一本）奮戰。

不過，世上本來就沒有完美的工作，對吧？

這次翻譯的文章是許多短篇怪談的集結，原作者是小泉八雲。我記得在小時候就看過當時翻譯的版本，沒想到多年後自己竟然接到了這份工作，重新翻譯小泉八雲的《怪談》。

充滿紀念性的，按照編輯安排好的順序，最後一篇是〈毀約〉。老實說，這個故事我小時候就讀過了，不管時間過了多久，都還是覺得這篇故事挺變態的。〈毀約〉這個故事是在說，一名武士和妻子感情很好，但妻子得了絕症而死，妻子臨終前提出了要求，要武士保證絕不能再娶，武士馬上答應了。可是數年後，眾人不停勸武士再娶，武士動搖了，於是和某家千金再婚。新娘嫁來之後，不停感到怪事，終於在武士因公出差的夜晚被武士的亡妻擰下了頭顱。

老實說我還眞不能理解這個故事的邏輯。

亡妻的怨恨我可以明白，可是她應該報復的對象是那名不守信用的武士才對，新娘其實是無辜的，對吧？是那個武士不守信用，要復仇洩恨應該找他。雖然同是女人，可是我卻無法理解故事裡死去妻子的心——好吧，這是擔任翻譯的我非常無聊的想法，我也沒辦法去更改結局。

交了稿之後覺得無比輕鬆，睡意也煙消雲散。這時我更改了MSN的狀態，沒想到偉大的編輯大人阿韋竟然還在線上，不一會兒，他就丟了訊息過來。

——我收到稿子了！大感激！

——啊啊，別客氣。其實已經遲交了，下次會遵守截稿日的。

——喔對，妳已經晚交了耶，我都忙忘了。最近公私兩忙，看我現在還在線上就知道了。

——阿韋大人辛苦了。不過，除了工作，你都忙些啥啊？

——我女朋友住院，我要照顧她。

——天哪，你女朋友？就是寫輕小說很有名的那個『亮川紫』對吧？

——耶，妳知道喔？對啦，就是她。

——她怎麼了？

——嗯，前陣子被檢查出來肝癌，最近癌細胞轉移，又發現了肺腺癌。

——我的天哪，這麼嚴重！還這麼年輕……

我是眞的眞的嚇了一跳。雖然聽過阿韋大人的女朋友因爲書賣得不錯而自以爲是的謠言（眞的是謠言，因爲我根本不認識她），不過竟然生了這麼重的病，只要是人都會覺得遺憾。

阿韋編輯跟我合作了兩三年，他是個很客氣也很認眞的好人，雖然有時催稿催得有點兇，可是工作能力很値得肯定。知道阿韋大人和亮川紫交往的業界朋友都滿看好他們的，一個是暢銷作家，另一個是大出版社的主編，感覺就是所向無敵的組合啊。唉呀，世事眞的很難料。

□

我記得，大概兩年前，我曾經在聽到暢銷作家亮川紫羅患癌症時覺得世事難料。後來過了幾個月，亮川紫小姐就過世了，曾去探望她的朋友都說，她被病痛折磨得不成人形。當時的我也只覺得很可憐而已。不過兩年後的今天，我才深刻體會到，原來這個我根本見都沒見過的女人，會對我的生活造成這麼大的影響。

「……妳還在生氣？」一雙厚實的手掌貼上我的肩頸，輕輕地爲我按摩。

「我沒有生氣。」我答道。

「明明就一臉不爽。」

「我只是覺得你可以先跟我說一聲啊。事先告訴我，有這麼困難嗎？」我拂開阿韋的手，轉身看著他，「今天是我們交往的第一個情人節耶，你就一定要今天去她那裡？」

「我只是一大早起床，開車到慈恩園上個香而已。」他無奈，「我哪知道妳今天從一大早開始就有計劃。妳那麼保密，我什麼都不知道，不能怪我錯過啊。」

「你知道我站在你辦公室裡有多丟臉嗎？大家都把我當笑話！」我愈想愈氣。

阿韋扳過我的肩，「好了，是我不好，這樣可以嗎？大小姐，別再生氣了。」

「我眞的覺得自己很蠢。」

「想太多了。妳應該要感到慶幸，妳看我是個多重感情的人，妳遇到的可不是負心漢啊。」

「是啦是啦。」

煩死了。我又不能跟死人爭風吃醋，一整個怒。如果我再說下去，一定會被當成妒婦的。可是亮川紫雖然死了，但仍然影響到我，這點眞是令人不高興。好啦，我承認我心眼很小。

「走吧，我訂好餐廳了，我們去浪漫一下。別生氣了，OK？」阿韋討好似地牽起我的手，把我從椅上拉起來。

我嘟著嘴，「如果請我吃便宜的東西，可不饒你。」

「我知道，我們家小妞一向是走名媛千金路線的，天天都用魚翅漱口。」

「你去死啦。」

「哈哈哈，走吧，錯過訂位就麻煩了。今天可是情人節呢。」是啊，情人節。兩年前的情人節我還單身，跟家裡的狗一起怨恨路上閃亮亮的情侶，誰想得到兩年後的我和阿韋竟然成爲情侶。眞的是世事難料。

情人節之後，我一直覺得不太對勁。

每次出門去買東西，或者一個人獨處時，就會覺得有點焦慮和不安。阿韋說我宅得太嚴重了，再不出門呼吸新鮮空氣，一定會造成心理傷害的。

「我這次去香港，要不要一起去？」阿韋問道。

「不行啦，截稿日就要到了，還有五萬多字下落不明咧。東野圭吾的書好難譯啊！」我無奈地看著案上的字典，已經都被我翻得開口笑了。

「可是我覺得，妳好像需要散散心耶。最近不是一直覺得心神不寧嗎？要不要一起去香港晃晃，到黃大仙廟拜個拜？」

「眞的要求平安，我去行天宮就可以了啦。」我壓根兒沒心情收拾行李。還是乖乖在家工作比較實在。

「好吧，隨妳。」

阿韋沒勉強我。他也知道，截稿日這種東西眞的具有強大的殺傷力。我猜，說不定這陣子我的心緒不寧，煩躁不安就是因爲拖稿（上個月幾乎譯不到幾頁）而緊張，然後變成一種很遜的循環。這樣想開之後，就覺得還是別東拖西扯，快點把手上的譯稿完成。等到把譯稿交給編輯之後，我得安排個短短的假期，去消除這些負面情緒才可以。

眞期待交稿之後的自由日啊，一定要瘋狂玩樂才行。我在心裡想著。

阿韋出差之後，我的情況既沒變好，也沒惡化。不知道是不是習慣的關係，變得已經不太在意那種心神不安的狀況。反正把譯稿交出去之後，我就可以好好放個假。等領到稿費，我就要去日本東北泡個湯，哈哈。心裡一旦有了明確的目標之後，就感到鬥志重新出現。

直到——

「咚咚！」

在電腦前快睡著的我，突然醒了過來。

頸部有點痠痛，果然不該連續幾天都熬夜。

不過，之所以醒來，是因爲聽到了咚咚咚的聲音，好像有人在敲門。精神病了我。什麼年代還有人選擇敲門，而不是按電鈴？

又是凌晨三點左右。最近我常常在凌晨三點醒來。我是怕黑的人，因此屋子裡總是得亮著燈才行。我存了檔，把螢幕關掉，然後慢慢從椅上站起。在進行這些動作時，我不禁在想，剛剛聽到的咚咚聲，是幻覺吧；說不定根本就是來自夢裡的聲音。

「咚！」

可是，這次絕對不是幻覺了吧。我嚇了一跳，環顧不到兩坪大的狹窄書房。那個咚啊，有點像是敲牆的聲音，用某種鈍器敲擊牆面吧，我想。

「咚、咚咚、咚！」

又開始了。聲音好像變大了一點點。

樓上死小孩莫非半夜起床玩玩具嗎？我曾經有幾次被樓上的小孩吵到不能入睡，但是現在是凌晨三點耶，除了時區不同的地方，台北市的小孩絕大部分理應統統睡熟了吧？還是我倒楣到遇上這麼個例外？

我在書房裡站了一會兒，但咚咚聲就像個未曾出現過的幻覺，在空氣裡找不到半點痕跡。房裡靜悄悄的，燈全亮著，大門早就上了鎖。我住的樓層是十九樓，平常可說安靜得很，即使打開窗戶，也僅僅只有風聲掠過。

「咚、咚、咚咚咚！」

「現在是怎樣啊?!」

奇怪，聲音並不像是從天花板上傳來的。這麼說，不是樓上的臭小鬼了。我走出書房，沿著走道往前。客廳，沒什麼異樣；廚房，正常得很；浴室，還是老樣子；睡房——

剎那間，我完全不能呼吸，我想我張大了嘴，但氧氣並沒有被我吸入氣管。我一手緊緊抓著門框，背部努力想依靠著牆，雙腿發軟，無法移動。

那咚咚聲是衣櫃的門板發出的！

有人從衣櫃裡敲著門，愈來愈用力，也愈來愈急促。

「咚咚、咚、咚、咚、咚咚咚咚咚──」

該死的！我感覺自己叫不出聲，全身無力，不停地往下滑，直至跌坐在地上。如果衣櫃裡的人（？）再用力一點，就能推開沉重的櫃門了。我想移動身體，可是卻死命盯著剛好卡在衣櫃前的化妝椅。那是早上爲了拿衣櫃上的收納箱時搬來的椅子，正好卡住了衣櫃門上的手把。

我、我還在幹嘛?!

腦中空白一片的我手腳並用地爬向玄關，連鞋子都來不及穿，只覺耳後的咚咚聲愈來愈強烈，就快要破門而出。

但，就在我站直身體緊緊抓住大門門鎖時，另一陣清晰的「咚、咚」聲竟然從大門外傳來。有人在敲門！抓住門把的雙手清楚感受到那股敲擊的力道。

「咚、咚咚！」

天哪，這是怎麼回事?!我反手把平常從沒用過的鋼製門閂扣上，這是純銅大門，不可能被撞開的。而且已經反鎖了，絕對沒辦法打開的。

這時，門外的咚咚聲和衣櫃裡的咚咚聲像是約定好似的全都停止了。

我順手抽起傘桶裡的傘當作武器，背向著大門往屋裡走，想看看房間裡的情況。不看也就算了，一看，就感到滿心後悔──頂住衣櫃的化妝椅倒了，衣櫃門已經被打開，好幾件衣服垂掛著。我全身顫抖，注視著那道門。怎麼會，是誰把衣櫃當作了通道？是誰，是誰跑進家裡？眞的有人跑進家裡嗎？

這個問題很快就有了答案。

「哇呀——」我感到背後一陣劇痛，轉身用傘揮去，但什麼也打不到。
一名穿著紫色長袖洋裝的長髮女子看著我，臉色灰白，眼睛周圍像是長滿黑色細針似的令人噁心。她右手揮舞著一把尖刀，刀尖上淌著血。媽的，那是我的血。可是此刻的我無法去理會那痛楚，只是用傘指著她。

「別、別過來！妳是誰?!妳怎麼進來的？妳想幹嘛?!」一團混亂中，我也不知道自己在鬼叫什麼。

那女人沒理會我，和我相隔不遠，對峙著。

「妳到底想幹嘛?!我又不認識妳！」

我猶豫著要不要順勢躲進房裡，不，不對，應該要往大門移動才行，我得去求救！我緊緊抓住傘柄，在她向我衝過來時，得靠手上的傘擋住她。

紫衣女人用那怪異的雙眼看著我，臉上開始出現猙獰萬分的笑容。啪一聲，原本被我緊緊握住的傘掉落地上，我感覺身體失去了力氣，一絲一毫失去。她舉著刀靠近我，我唯一能做的就是瘋狂地尖叫，可是我知道自己已經沒辦法發出聲音，有一股寒冷的力量包圍了我。我像是被關進了冷凍庫似的，覺得好冷，覺得無法動彈，覺得連恐懼的意識都快要凍結。

唯一唯一讓我感到溫度的是，每一次那女人用刀戳入我身體又拔出時，所噴射出來的血柱。該死的，我好後悔用純白的設計，門、地板、傢俱、牆——全都是鮮血飛濺染上的弧線。我知道那女人已經捅了我幾十刀，可是我仍然不懂，到底發生了什麼事，我更不懂爲什麼是我。

我猜我眞的快完了，我沒覺得痛，只覺得血流淌在身體上的溫度很高，濕濕的，黏黏的。

就在我快要閉上眼時，那女人捧住我的頭。

灰白色的臉貼近我，一股死人才有的特殊腐敗氣味從她口中傳出。

她喃喃重複著一句話，我過了很久才聽懂。

「妳害阿韋，毀約了。」

我感到下眼瞼充滿淚水，並且不聽使喚地奔流。我想起兩年前翻譯完的〈毀約〉，小泉八雲的《怪談》之一。

……這個故事我小時候就讀過了，不管時間過了多久，都還是覺得這篇故事挺變態的……妻子得了絕症而死，妻子臨終前提出了要求，要武士保證絕不能再娶，武士馬上答應了。可是數年後，眾人不停勸武士再娶……新娘嫁來之後，不停感到怪事，終於在武士因公出差的夜晚被武士的亡妻擰下了頭顱……

我眞的眞的不能理解，

毀約的是男人，

爲什麼慘死的卻是我？

螢幕

這個故事，其實是很久以前發生的。

之所以會突然想起，是緣於我來到了光華商場，要替朋友選購一台新的液晶螢幕。我注視著店頭陳列的，大大小小，各式各樣的液晶螢幕，突然有種被成千上萬螢幕包圍住的感覺。

那是一種不愉快的壓迫感，並且，讓我回想起更不愉快的某段往事。

坦白說，他第一天來上班時，我根本未曾注意到多了位新同事。直到幾天後，主管把他派到我身邊空了很久的位置，並要求我帶他熟悉一切，我才發現這名新同事。

像他長得這麼好看的人，學歷又好，竟然會願意屈就我們這間小公司，不只是我，其他同事也都覺得不可思議。當他第一天換位置到我旁邊時，我感覺不太習慣。可能是因爲身旁的座位實在空了太久，也可能是因爲坐在強者身邊感覺很怪。他本人倒是很低調，乖乖完成我吩咐的所有事；我和他就這樣平安無事地過完一星期。看起來，好像什麼都沒問題，地球繼續轉，人們繼續往前，就這樣。

我記得會開始留意他的電腦螢幕，是由於某次午飯。某個中午我和人事管理部的美少女丁可雯在麥當勞巧遇，於是兩人便在客滿的麥當勞同桌。這並不是第一次，丁可雯大概天天吃麥當勞吧，只要我有去，就會碰巧見到她。

我們同桌閒聊，少不得說到這位新同事。

「蔣有康，你不覺得那個新來的謝家豪有點怪怪的嗎？」丁可雯神秘兮兮地問我。

「怪怪的？還好吧。」我嚼著薯條，「是啦，台大第一名畢業的怎麼會來我們這種小公司上班，這是有點怪。」

「其他的咧？都沒有什麼異狀嗎？」丁可雯又問。

「……妳的問法比較奇怪吧，難道人家謝家豪本來就該出現什麼異常行爲嗎？」

「喔唷，我不是那個意思啦。」

這下我倒很好奇，「妳是不是知道謝家豪的什麼秘密啊？」

丁可雯一愣，反倒還眞像有那麼回事。「沒、沒有啦。」

「最好是沒有。」我想了想，說道，「現在我負責帶他耶，如果有什麼要注意的，妳可得先提醒我，不要讓我最後連怎麼死的都不知道。」

所謂「怎麼死的都不知道」之所以用在這裡，當然指的並非眞正的死亡，但丁可雯卻露出了一副「說不定你眞的會被拖累」的表情。

她放下可樂，沉思了幾秒，說道：「你不可以告訴別人喔。」

此情此景，我當然點頭如搗蒜。「我保證！」

「我那時負責把謝家豪的檔案履歷建檔，結果發現他跟我大學同學待過同間公司，後來我就在MSN上問我同學認不認識謝家豪。沒想到啊，我同學一聽就嚇了一跳，她說，謝家豪是因爲鬧事才離職的。而且聽說他一直換工作的原因就是會無端鬧事。我同學說，大家都覺得他是瘋子。」

「鬧事？怎樣鬧事？」

「好像是破壞公司電腦什麼的。本來我不太相信，不過他的履歷看起來的確一直在換工作，每份工作都做不長，我覺得很奇怪呢……」丁可雯看著我，「要保密知道嗎？這事我只有告訴你喔。」

「好、好。」我忙不迭答應。

就從那天起，我開始不自覺地朝謝家豪的螢幕多看一眼。我們的座位設計是一排長桌，切割成三個區塊，每個人的桌面都很寬敞，由於室內設計走北歐時尚風，所以同事之間並沒有裝上常見的OA傢俱來分隔彼此的工作區塊。幸好大家桌面都挺空蕩的，倒也沒有佔地盤之類的幼稚事件發生。不過，由於沒有OA系統傢俱的阻擋，坐在同一排的人，對左右兩側同事的電腦畫面，可就瞭若指掌了。

有的人覺得不舒服，乾脆買一塊防偷窺的護目鏡掛上，或者有人裝了反偷窺小程式，一鍵就可以切換臉書和公司桌面。至於我本人，忙得要死，根本沒時間偷懶，也就無須防偷窺。

總之，拜室內設計所賜，我很容易就可以看到謝家豪的電腦螢幕。

起初不覺得有什麼異樣，但有天中午時分，我端著泡麵回到座位，看見謝家豪正呆呆地望著電腦螢幕。我假裝忙東忙西，偷偷看向他的螢幕。螢幕上沒什麼，好像是檔案總管之類的視窗正開著，他彷彿在逐一尋找什麼重要的檔案。我不以爲意，決定還是先把午餐的泡麵吃掉。

但是過沒多久，我便聽到他低聲發出痛苦咬牙的怒吼。「媽的，該死！」他緊握著拳頭，彷彿就要重重搥向桌面，但又強自壓抑住。謝家豪匆匆離開座位，看他憤恨的表情，八成是要衝到戶外去大吼大叫。

接下來，我做了一件極平凡極普通，而且人人都會做的事——

探頭，看了看謝家豪的螢幕。

十九吋的液晶螢幕看起來沒什麼不同，他正在瀏覽的是某個公用資料夾，裡面存放的全都是公司制式表格，各種請假單、申請書、考核表……任何你可以想像到的WORD表單。

這樣的畫面很正常啊。

我縮回頸子，不明就裡；但是當我看著自己的螢幕之後幾秒，才驚覺剛剛謝家豪的電腦畫面有些說不出的怪異。一時間我說不來是哪裡有問題，但是剛剛那個畫面的確不太對勁。

我看看四周，其他同事大都不在，於是我乾脆拉開謝家豪的座椅，再度正視著他的螢幕。資料夾還是那堆表單檔案，以圖示的方式顯示著。仔細分開看著每個檔案，似乎一點異狀都沒有，但是當我稍一退後，調整了焦距重新再看時，就可以看到螢幕上的圖示被排列成一個大大的「死」字！

幹，什麼鬼啊。

我在心裡暗罵，卻也不禁發毛。我很快地回到座位，而謝家豪的螢幕也幾乎在同時開始跑起螢幕保護程式。我重新捧起仍溫熱的泡麵，但卻一點胃口也沒有了。

雖然那時出現在眼前的不是什麼靈異照片，不過那種嚇人的感覺卻更加嚴重。我很想再去找人事管理部門的丁可雯，我好想問問她還知不知道其他細節，然而我忍住了……起初是因爲覺得自己大驚小怪，太無厘頭；之後，則是因爲怕，所以不敢追問。

一定很多人好奇，什麼叫做「因爲怕，所以不敢追問」。

事實上，在那天下班時分，一名剛走出公司的女同事被某輛發著酒瘋從對面車道直衝而來的積架跑車撞上，當場死亡。當樓下警衛把這消息傳到樓上來時，謝家豪的表情讓我印象深刻。

他喃喃自語著：又來了，又來了，每次都這樣。

我霎時渾身發冷，不禁把女同事的死和中午時他的電腦畫面聯想在一起。一股強烈的恐懼就這樣佔據我的內心。到底是怎麼一回事？那是一種預言嗎？還是一種凶兆、一種感應？或者，是跟隨著他的一種詛咒呢？從來不去想神鬼之說的我，在那個瞬間只覺得怕，只覺得驚恐無比。

會是巧合嗎？可是，謝家豪的反應卻讓我無法單純認爲那是巧合。

我一直按捺著，深怕哪天實在受不了，會想問個清楚，這種壓抑感讓我非常難過。更糟的是，從那時開始，我還多了一種類似強迫症的習慣：我老是想偷看謝家豪的螢幕！

後來，在某個炎熱的夏日，我患了重感冒，請假在家休息。次日銷假上班時，一踏入辦公室，就馬上有人圍住我，迫不及待地告訴我最新八卦。最新八卦大致上可以分爲幾部分，第一部分：我的電腦螢幕和某些同事的螢幕被謝家豪毫無理由地砸個稀巴爛；第二部分：基於上述行爲，謝家豪草草寫了辭職信，在被炒之前主動離職；第三部分：會計部之花張雅欣不知爲什麼跑到了公司頂樓，然後跳下來，死了，臉部著地，腦漿流了一地。

我仔細聽著同事訴說著大新聞，背部直冒冷汗，胃部開始一陣陣痙攣，宛如針刺的感覺一下子佈滿皮膚。

「……蔣有康，你有在聽嗎？」同事問。

我慢了半拍，「有，有啊。」

「總之，現在公司裡氣氛超差的。而且，大家都搞不清楚，張雅欣是怎麼回事，好好的幹嘛自殺……眞的很奇怪。」

「是啊，是很奇怪。」我苦澀地回應著。

我猜，謝家豪的螢幕一定又出現了被組合成的「死」字。可是，到底爲什麼他身邊會發生那樣的凶兆，我無論如何都想不透。如果這是電影，而我又是主角的話，一定會想盡辦法查個水落石出，揭開秘密；然而生活不是電影，我也不是英雄人物，因此這一切只能就這樣埋藏在我的心裡，不去觸碰。

即使如此，從謝家豪螢幕上看到的偌大「死」字，還是會冷不防從我腦海裡跳出來，提醒我那並非夢境。

——我覺得眼前一黑。

原來是店員正關上眼前的液晶螢幕，他彷彿是在測試開關似的，隨即又重新開啓。我感覺眼睛疲累，想要離去，但就在螢幕重新恢復亮光時，我彷彿在瞬間看到了什麼。

究竟，我看到了什麼呢？

我想，我是不會說的。

給愛麗絲

那天之後，再也沒人見過卡爾．萊恩。

卡爾．萊恩可能是在森林裡失蹤的。警方預料應該是遇上了歹徒行搶，也許他奮不顧身地反抗搏鬥，使得歹徒暴怒，不得不殺他滅口。

「……很多人遇到劫匪時都選擇乖乖聽話，雖然遜了點，但這是對的。」

胖胖的警長貝克一手拿著甜甜圈，一手拿著咖啡。克里夫．貝克滿頭白髮，白皙的臉上滿佈油光，每到聖誕節就負責戴上白鬍子，因爲只要換上紅衣就跟圖畫裡聖誕老人一模一樣。

警局裡播放著聖誕應景歌曲，警局外也放置了一株兒童般高度的小形聖誕樹，白雪皚皚，四周都充滿了聖誕氣氛。

城裡派來的高級警官安德魯．拉格斐可不這麼想。「你確定事情眞有這麼單純？卡爾．萊恩是位富豪，可不是一般平民老百姓。換句話說，他牽涉到的是鉅額的金錢，龐大的遺產，還有許多商業機密。我的意思是，背後恐怕會有些什麼陰謀。」

貝克警長在拉格斐警官說話時幹掉了那枚甜甜圈，他舔著手指上殘留的糖粉，答道：「安迪，我知道你在想什麼。你以爲這是好萊塢電影，麥克．道格拉斯主演的那種弔詭謀殺片。一個富翁發生意外，最後發現這一切是他的兄弟和紅杏出牆老婆還有下三濫情婦合作搞出來的把戲。拜託，安迪，那是電影。有很多案件其實眞相再簡單不過了。」

安迪是安德魯的暱稱。每次克里夫叔叔這樣叫他時，他就有種發窘的感覺，好像馬上從高級警務菁英變回從前在農場裡老是從牛背上跌下來的蠢小子。不過克里夫叔叔從小看著自己長大，實在不好意思要他稱呼自己「拉格斐警官」。

「不過，卡爾．萊恩到底是暫時失蹤，還是被殺了，這才是重點。」安德魯．拉格斐說道，「萊恩太太還在小屋那邊嗎？我想去見見她。」

貝克警長點頭，「她認爲卡爾．萊恩會從壞人手裡掙脫，然後平安回來。她還在等。」

「嗯。」

雖然沒見過萊恩太太，但是安德魯還是不免在腦海裡加以想像。說不定她是像伊莉莎白．赫莉或凱薩琳．麗塔．瓊斯那樣的大美人，並且爲了某些因素而導演了這部蠢戲，實際上早已殺害了丈夫，計劃奪得遺產……

不過就在安德魯走出警局，一面坐上汽車發動引擎時，他眞的覺得自己好像電影看太多了。過於愛聯想的個性，實在無益破案。

到了小木屋之後，安德魯．拉格斐更加證實了這點。身材並不高大，更別說火辣的萊恩太太相貌平平，留著一頭深棕色的長髮，胡亂盤起來。她看起來哭過，精神不太好，又顯得焦躁，不知所措。萊恩太太身邊跟著一頭黃金獵犬，毛皮保養得宜，看起來既健康又忠誠。那頭黃金獵犬似乎也察覺了氣氛有異，不時在屋裡徘徊，偶爾發出嘆息似的低鳴。

愛麗絲．萊恩是卡爾．萊恩唯一一任妻子，她比卡爾．萊恩小五歲，結婚前是卡爾的秘書——當然不是那種美豔動人的類型，看起來比較像誠懇忠實的事業夥伴。

短暫寒暄和自我介紹過後，安德魯在愛麗絲．萊恩對面坐下。「萊恩太太，可否請妳再說明一次，妳丈夫失蹤當天的情況。」

愛麗絲皺眉，彷彿在這幾天內她已經重複說明了無數次。但她沒拒絕，還是耐著性子開口，「那天，是卡爾和我來度假的第三天。前一天晚上，我們開了兩瓶紅酒，喝得很醉——至少我喝得很醉。我忘了自己是怎麼上床睡覺的，到了早上，我起床喝水，因爲宿醉頭痛，所以又回到床上睡覺，那時是七點多，卡爾已經不在床上了。我以爲……我以爲他只是像平常一樣去屋外散步、遛狗……所以沒多想……噢，如果當時我直接起床到森林裡找他，說不定就沒事了。」

「萊恩太太，放鬆點，現在還不知道萊恩先生發生了什麼事，也許他很好。」

愛麗絲用一種「這安慰很可笑」的表情回應安德魯，續道：「總之，我睡到了將近十一點，電話響個不停，我才醒來。打電話來的是卡爾的助理，度假時我們都不開手機，但有把這裡的電話留給他……。總之，我起床後到處找卡爾，想要叫他回電給助理，那時開始，我才覺得有點怪。後來我梳洗完，換好衣服，帶著狗到附近轉轉，可是完全沒有卡爾的影蹤。我們的車也還在車庫裡。」

「然後呢？」

「我打電話給木屋管理員，他說卡爾並沒有去過。我先打電話給卡爾的助理，告訴他卡爾好像出去了，還沒找到他。那時，大概是中午十二點五十幾分，快要一點鐘。」愛麗絲吸吸鼻子，「理論上，卡爾都會留紙條說一聲……如果只是散步，他會帶著吉莉安一起。」

「吉莉安？這頭黃金獵犬？」

「嗯。」愛麗絲伸手摸摸把頭靠在自己膝上的吉莉安，「這幾年來，卡爾起床梳洗後的第一件事，就是帶吉莉安去散步……」

「這樣啊。」安德魯接著問道，「那麼，接下來，在下午三點左右，妳打電話給木屋管理員和當地的警局，是嗎？」

「是的。」愛麗絲點點頭，「等到了三點左右，我實在覺得無法忍受。這太奇怪了，我從床頭抽屜裡找到卡爾的手機。如果卡爾臨時有事要去處理，他至少會打開手機並且帶在身上才對吧。我覺得很不安，所以連絡了木屋管理員孟德爾先生，他建議我連絡警方看看，要不要到樹林裡協尋。」她停頓一下，嘆口氣，「於是孟德爾先生來到木屋，陪我打電話到警局，是貝克警長親自接的電話，他很快就趕來了。」

「接著，警長和警員們一起在森林和湖畔四處搜查過，並沒有萊恩先生的蹤影，到了當天晚上，還是沒有萊恩先生的消息，是這樣對吧？」

「是的。卡爾是很謹愼小心的人，不會不留下字條就匆忙離開。而且，我們正在度假。警官，你明白我的意思嗎？正在度假，也就是說，除了助理會因急事打電話給我們之外，他沒有其他管道得知消息，沒辦法得知消息，自然也就沒有理由離開了。」

安德魯點點頭，他發現萊恩太太很善於說明。「上述那些是二十二日當天發生的事，在二十三日已經正式列爲失蹤案處理，今天已經是二十四日……」

「沒錯，十二月二十四日。」愛麗絲幾乎是用怨懟的口吻強調著，「好一個聖誕假期。」

「我們已經調閱過附近公路和所有道路的監視器，沒有發現長相和萊恩先生相似的人駕車離開。」安德魯說道，「不過那些監視畫面，還是會送到鑑識單位再重新調查一次。初步來說，我們認爲萊恩先生並沒有離開本鎭。」

愛麗絲抬頭，「我不在乎他是否還在鎭上，我想要知道的是，他現在在哪裡，就算他遠在莫斯科也無所謂，我要知道的是他的消息，是否平安，還有爲什麼突然失去連絡。」

「我了解。」安德魯說道，「不過，萊恩太太——」

「嗯？」

「在度假期間，妳和萊恩先生是否有發生過任何不愉快，或者小爭執呢？」

愛麗絲瞪著安德魯，但隨即垂下雙肩，「沒有。噢，天哪，我倒希望我們曾經吵架，這樣我至少知道他失蹤的理由是什麼。」

「這段時間，也沒有接到任何可疑的電話？」

「沒有，有的話我會感謝老天，起碼知道他發生了什麼事。」愛麗絲揉著額頭，從沙發上起身，「……很感謝你親自過來，拉格斐警官。我覺得很累，想要休息一下。」吉莉安也馬上站了起來。

「是，我也該告辭了。」安德魯看著吉莉安，又看看萊恩太太，「今晚是聖誕夜，您一個人沒問題嗎？」

「我沒事，謝謝你的關心。上午貝克太太帶了一籃子的食物和乳酪來給我，我想可以吃好幾餐……如果我有胃口的話。」

安德魯欠身，「我先告退了，有什麼消息會立即與您連絡的。」

「好，不管是小屋電話或者是手機都可以，」愛麗絲苦笑，「現在我的手機隨時都開著。」

「是，那麼聖誕快樂，再見。」

「聖誕快樂。」愛麗絲站在原地，勉強擠出一絲笑。

安德魯在驅車回警局的路上，感到有些不安。如果是平日也就算了，今天是聖誕夜，就這樣把萊恩太太獨自留在木屋似乎不太恰當。但是，她恐怕會堅持要留在木屋，以防萊恩先生突然回來吧。根據經驗，萊恩太太的表現並不造作，看起來沒什麼可疑之處。

這應該是一對並不特殊的夫妻，丈夫白手起家，運氣不錯，幾年後小公司趁勢成長了數倍，變成小形集團，妻子是原本的同事，兩人一起管理公司，在聖誕節假期時，和過去幾年一樣，到一樣的鎮上，一樣的木屋裡度假，一樣帶著那頭獵犬——這一切沒什麼特別的。雖然萊恩夫妻是有錢人，但也還不到舉國皆知的那種名流階級，不是那種富有到誇張地步，有私人飛機甚至私人小島的眞正富豪。

安德魯握著方向盤，思考著。

雪愈下愈大了，寂靜的路上變成白茫一片。

克里夫叔叔已經邀請他一起享用聖誕晚餐，他從城裡帶了兩瓶八六年的紅酒來當禮物。安德魯看著擋風玻璃外的風雪，心想著，也許早點吃完晚飯，還有時間可以返回木屋看看。

不知爲什麼，安德魯總覺得那棟位於森林入口處的木屋有些什麼不對勁。不，更正確來說，那片森林……那片森林給安德魯一種陰森的感覺，樹林後有一座勉強可以稱爲湖的水域，但他從未去過。他從小就在這鎮上長大，父母死後雖然很少回來，但鎮上並沒有什麼改變。他還記得小時候，一直覺得那片樹林裡藏有怪物什麼的，從來就不敢進去。

唸大學後他離開鎮上，聽說那片地被人買下，蓋了幾棟度假木屋。萊恩家買下的木屋正是那批建築裡佔地最大，最豪華，也最靠近樹林的。萊恩家的木屋有四間附衛浴的大臥室，可以容納兩輛休旅車的大車庫，客廳和寬敞的廚房兼餐廳，還有一間小倉庫。客廳的壁爐是紅磚砌成，還附有粗大的煙囪。

想著想著，安德魯的座車已到達了警局，換上聖誕老人服飾的貝克警長正站在雪中調整聖誕樹上的裝飾。

克里夫．貝克搓著手，走向安德魯。「嘿，安迪，怎麼樣，萊恩太太還好吧？」

「差不多就那樣吧。」

「你覺得這件案子……嗯？是充滿邪惡陰謀的謀殺案件嗎？」

安德魯苦笑，「目前沒嗅到什麼邪惡氣息，不過，在聖誕節前夕突然失蹤，這也太奇怪了。」

「是呀。」貝克警長猶豫著要不要把脆弱的聖誕樹搬進警局裡，他顯然並不太在意這件失蹤案。

安德魯多少可以理解。畢竟在他的警務生涯中，有許多看似離奇難解的失蹤案到最後發現，只是該名失蹤人口福至心靈，臨時決定不告而別，獨行去「尋找未知的眞我，以及生命的意義」。特別像卡爾．萊恩這樣的有錢人，說不定是聽信了什麼昂貴的心理醫生建議，然後突發奇想決定獨自流浪到世界盡頭去。誰知道呢？不過，這些社會成本啊……眞是覺得完全浪費了納稅人的血汗錢。

晚上八點左右，愛麗絲把上午貝克太太送來的一籃食物打開，她很餓，可以說是餓極了——但她十分節制，只吃了點麵包和乾酪，喝了半杯水。她不能盡情吃喝，這是爲了讓自己時時警惕。何況，爲了擔心失蹤的丈夫，她應該沒有什麼食慾才對。

「汪咈！」

吉莉安對著落地窗吠叫著，從卡爾失蹤後，吉莉安總是對著看得到森林入口的落地窗吠叫著。情況有時很糟，吉莉安可不是小形犬，愛麗絲總覺得吉莉安有時就像個無言的監視者，她一直沒那麼喜歡牠。

「吉莉安！」愛麗絲拿著水杯，喝止狗兒。

「汪汪咈！」像是在抗議愛麗絲似的，吉莉安發出低沉的咆哮，眼神變得不友善。

「所以呢？妳想怎麼樣？」愛麗絲沒好氣地瞪著吉莉安，「想去告密嗎？壞狗！」

吉莉安這次轉頭跑開，牠用前腳趴在大門上，像是亟欲出去蹓躂的樣子；不一會兒，前爪開始搔抓門板，好像在回應著什麼。

「別這麼做，吉莉安。」愛麗絲煩悶地說道，「想出去被凍死嗎？」

明知道狗不會回應，但她還是不停對著狗說話。養過寵物的人或多或少都曾這樣，偶爾心神不寧時就會對著自己的寵物喃喃自語。特別是像《浩劫重生》裡的湯姆．漢克斯，他的對象是顆名喚「威爾森」（漢克斯夫人的本名即爲麗塔．威爾森）的排球。

今晚可是聖誕夜呢。愛麗絲想著。她看著騷動中的吉莉安，突然浮現一種可笑的想法。吉莉安是在等門吧，等著卡爾回來。可是，卡爾再也不會回來了。親愛的吉莉安，不要再等了，卡爾不會回來……絕對不會回來的。

愛麗絲走向落地窗，看著樹林。然而玻璃反光嚴重，根本無法看清窗外。她拉起厚重的窗簾，在沙發上坐下，打開了客廳一角的老舊小電視。那台電視是九十年代初期的產物，只有十四吋的映像管形小電視。電視裡播放著新聞還有各地的聖誕景象。愛麗絲突然想到，過去的聖誕夜總是忙得不可開交，從來不曾有空看看電視，根本不知道聖誕夜時電視到底都在播放些什麼。回想起過去十幾年，愛麗絲突然有種鬆口氣的感覺。那是什麼？是自由對吧？呵呵呵，自由。愛麗絲深深吸口氣，自由啊！

可是，自由的代價——她看了一眼已拉起窗簾的落地窗，而吉莉安還是對著木製大門低吠著。愛麗絲愈來愈不悅。現在一看到吉莉安，心中便湧上焦慮感。明知道狗不會說話，但仍有會被背叛的恐懼。那種恐懼……大概就像卡爾在湖畔掙扎時充滿驚嚇、慌張與疑問的目光吧。

她可是費了一番功夫才計劃好這一切。

不能失敗，絕對不能失敗。

首先，她在三年半前開始掛失眠門診，治療一年之後便宣告康復。其目的是累積儲存醫生處方的安眠藥。那些藥在這次全都派上了用場，摻進紅酒裡之後，卡爾半點都沒懷疑，便把酒喝個精光。該死的酒鬼，很好，難得他喝完酒之後不會動手揍人。

接著，愛麗絲把卡爾的衣服全剝光，並且在他背上塗了酒精。要讓他能順利凍死，這些都是必要的手段。接著才是重頭戲。愛麗絲從兩年前開始參加健身訓練，其中她眞正需要的是加強臂力腰力、承重力與耐久力的項目，作用是把半醉的卡爾揹到湖畔。像她這樣身材的女性，要快速地把比自己重二十公斤的大男人揹到森林裡，非經過長期訓練不可。本以為經過兩年的健身計劃，實際行動時應該綽綽有餘，但卻因緊張的關係，好幾次差點腿軟。

等到了湖畔時，卡爾已經幾近昏迷，體溫也正急速下降。途中，大概是門沒關好的緣故，吉莉安也跑進了樹林中，愛麗絲花了一番功夫才把吉莉安拴在樹幹上，並且套上了嘴套（她非常慶幸口袋裡竟然放著吉莉安的布質嘴套），這浪費了十分鐘左右。在這段時間，屬於人類活命的本能讓卡爾突然清醒，嚇了愛麗絲一跳——當時她正用鐵絲將卡爾的雙腳和之前就預先帶過來的啞鈴綑在一起！

「愛麗絲？」卡爾掙扎著坐起身，冷得要死，意識不清，還搞不清楚發生了什麼事。

「永別了，卡爾，我受夠了。」

愛麗絲用盡吃奶的力氣，奮力將卡爾推入湖中，見到這一幕的吉莉安瘋狂地向前衝，幾乎要拉斷項圈和背帶。湖面上的冰還未聚集成一片，刺骨的湖水讓卡爾猛然清醒。本以為重達三十公斤的啞鈴的重量可以讓卡爾瞬間下沉，沒想到他還是在水面浮沉了幾十秒的時間，才慢慢往下沉去。最後那幾十秒宛如幾世紀那麼長，卡爾的臉上佈滿著各式各樣痛苦恐懼的表情，他想呼救，但水很快地嗆進嘴裡，最後一刻，他翻著白眼沉進湖中，然後高舉過頭的雙手指尖花了一些時候才消失在湖面上。愛麗絲在湖畔待了很久，她拚命地安撫激動的吉莉安，一面注視著湖面。雖然身上揣著白金懷爐，但仍覺得冷得要命。她把手錶設定鬧鐘在四十五分鐘之後，挨著終於放棄掙扎的吉莉安在樹旁坐下。那時愛麗絲渾身發顫，興奮得不得了，她是個謹慎的人，不容許有差錯，即使再怎麼冷，即使所有謀殺電影都會安排兇手迅速離開現場，但愛麗絲卻不打算這麼做。她要在這裡待著，她要死命盯著湖水。雖然知道卡爾活著上岸的機會微乎其微，但是她不想冒險，她要等著，用時間來換取安全。沒有人能在快結冰的湖裡閉氣四十五分鐘，何況之前卡爾還吃了不少安眠藥，體溫也下降許多。

風雪愈來愈大，懷爐愈來愈冷。

但是強烈的意志力讓愛麗絲努力撐到了鬧鐘響起的瞬間。她的臉幾乎凍僵了，雙腿也快要失去知覺。湖面覆蓋著一層白雪，看得出來原本薄薄的冰層開始大面積地連結，並且變厚。

「走吧，吉莉安。」她拍掉吉莉安身上厚厚的雪，解開差點被吉莉安掙扎扯斷的牽繩。

但是吉莉安獲得自由後猛然奔向湖畔！愛麗絲用盡最後一絲絲力氣，緊緊抱住牠的頸項。在漆黑的森林裡，愛麗絲用手機微量的光線照著路，這讓回程非常難以行走，但是她不敢冒險使用明亮的手電筒，怕引人注意。她拖著吉莉安，在快倒下的最後一刻回到了木屋。

閉著眼，在腦海裡回想這一切。愛麗絲覺得這就像一場夢。她從來就不是個兇惡的女人，也因此這項計劃在她被家暴了多年之後才眞正成形。很少人知道，卡爾．萊恩是個酒鬼，一喝醉就會把愛麗絲打得不成人樣。這是由於十年前某次經濟危機，卡爾在那時染上了酗酒的習慣，後來公司的情況好轉，營業額成倍數增加，但卡爾和愛麗絲的婚姻卻也陷入了惡性循環的糟糕狀況——卡爾喝醉，然後打傷愛麗絲，等酒醒後再求愛麗絲原諒——直到有天臉上的粉再也蓋不住傷口，直到有天愛麗絲想要打嗎啡針止痛，她才眞正做出了決定。

離婚訴訟會漫長艱辛，而且可能半毛錢都拿不到，而卡爾說不定在上法院前就先剝了她的皮。謀殺，好吧，爲什麼不？

愛麗絲抱著軟墊蜷在沙發上。

她感到疲倦不已，又待了一會兒之後，她起身拿起電話，撥給電話旁紙條上的號碼。鈴聲響了半分鐘左右，對方終於有人接起。

「哈囉？這裡是貝克家。」是貝克警長的聲音，背景有許多人聲，很熱鬧。

「嗨，我是愛麗絲．萊恩。」

「噢！萊恩太太！發生了什麼事嗎？」貝克警長語調裡的歡欣氣氛突然一掃而空。

「我是想謝謝您夫人早上送來的食物，眞的很美味。這幾天謝謝您，我想明天早上先回城裡一趟。」

「妳太客氣了。拉格斐警官打算晚飯後再過去拜訪妳，畢竟今天是節日……」

「請轉告他不用了。我喝了一點酒，想要早點休息。」

「是嗎，我知道了。」

「聖誕快樂。」

「聖誕快樂。有什麼需要，只管隨時打來。」

「謝謝，再見。」

愛麗絲掛上電話，鬆動背部筋骨。她決定好好泡個熱水澡，她需要好好泡個熱水澡。今晚是唯一能放鬆的時刻，明天回到城裡，律師會跟在自己身後不放，還有警察，地方報的記者也不會放過她……愛麗絲很慶幸，幾乎沒人知道卡爾會家暴的事，當初之所以隱瞞是爲了面子，現在看來，反而消除了她謀殺卡爾的動機。她緩緩走向浴室，輕哼起茱蒂．迦倫的〈彩虹彼端〉。

浴室裡盡是水氣和煙霧，老舊的水龍頭在放水時聲音非常大，以至於愛麗絲根本沒注意到客廳落地窗發出的聲音。

獨自一人而已，愛麗絲並沒有鎖上浴室的門，她在淋浴間裡沖澡，另一旁的浴缸就快要放滿水了。熱水讓愛麗絲感到放鬆舒適，水蒸氣讓浴室十分溫暖，而水聲使她不再感到孤獨。

這是個特別的聖誕夜。愛麗絲心想。

吉莉安起初很想吠叫，用以警示牠的女主人。然而，當眼前這個酷似雪怪的傢伙逐漸試著發出聲音時，吉莉安立刻認出他來了。這是牠的主人，這是卡爾！即使他現在渾身發臭，是具纏滿水草並僵硬凍結的屍體，但吉莉安仍認得出來。

卡爾用指甲脫落，血塊結成冰的手指輕觸吉莉安的頭，裂開的嘴唇勉強做出「好女孩」的嘴形。高大的卡爾是全裸的，身上覆蓋著水草和泥漿，在從湖畔回來的路上，他的肢體末端已逐漸掉落，左腳只剩兩根腳趾，耳朵和鼻子還有右手的中指都脫落了。

他知道自己是什麼，他知道自己早就死了。可是，強烈的意志力讓他挺過去。愛麗絲，親愛的愛麗絲，妳眞是讓我傷心。這是聖誕夜，過去十幾年來妳都陪在我身邊，親愛的愛麗絲，妳太狠心了。不要這樣，我們可以重新開始，今天可是聖誕夜呢，我不會讓妳孤獨一人的。

屋內的暖氣讓卡爾屍體結冰的部分開始融解，隨著他一步步走向浴室，血水在走廊上形成一道詭異的痕跡。吉莉安搖著尾巴，坐了下來，注視著主人一步步走向浴室。這情景吉莉安以往常見到。卡爾在心情好時，會用備份鑰匙打開浴室，跑進去捉弄愛麗絲。不過，愛麗絲很不喜歡這樣，這常成爲他們吵架的原因。

卡爾的手背皮膚整塊剝落了，他用那樣的手握住了浴室的門把。男人總是喜歡給女人驚喜，卡爾也不例外。親愛的，妳眞的不應該那麼做，愛麗絲，妳知道自己做錯了什麼嗎？噢，愛麗絲，愛麗絲，妳忘了鎖門，妳不該忘的，以爲我再也不會出現在妳面前嗎？妳知道我總是喜歡看妳被嚇到的樣子，愛麗絲。

安德魯．拉格斐一開始還以爲自己看錯了。

安德魯下車後快步衝上前。是吉莉安沒錯。那頭木屋前徘徊受凍的狗是吉莉安。吉莉安也看見安德魯，朝他吠叫了幾聲。

雖然萊恩太太請克里夫．貝克警長轉告安德魯不必過來，但安德魯還是決定開車來看看，就在屋外繞繞，不去打擾萊恩太太。雖然克里夫叔叔覺得安德魯眞的是窮極無聊，但只是聳聳肩，不置可否。

「你確定只是去附近看看？」出發前，貝克警長問。

安德魯點點頭，「就是開車去木屋附近和森林入口繞一下，這樣我比較安心。」

「好吧，如果你覺得這麼做會讓你安心點。」貝克警長拍拍安德魯，「安迪，你還是那麼有責任感。」

「就跟小時候一模一樣。」貝克太太在兩人身後補了一句。

但現在，當他看見吉莉安竟然跑出屋外時，不由得產生不祥的預感。

木屋的門仍是鎖著，但客廳落地窗被打破了，吉莉安八成是從那裡跑出來的。安德魯拿出槍，深深地吸了口氣，小心避踩到玻璃而發出聲音。他注意到屋裡仍開著暖氣，音響裡播放著貝多芬的〈給愛麗絲〉，走廊上有些像是血腳印的痕跡。安德魯小心翼翼，單手推開虛掩的浴室門，只見白色的壁磚和地磚上全都是血，連天花板也滿佈猩紅。

而鏡子上用鮮血寫著模糊不清、流淌中的字：

給愛麗絲

聖誕快樂

妳永遠忠誠的卡爾

同場加映

創作茶會・山茶花

首先，服務生一一送上咖啡。

作者：（清清喉嚨）嗯咳，今天的咖啡，該不會是森崎教授的作品吧？

九条：我說作者啊，用這種話開場不太好喔。任何有大腦的人都會阻止森崎君的。

作者：（汗）也是喔。

森崎：大家對我是有什麼不滿嗎？我可是被作者設定爲眞田廣之般的無敵帥哥呢！

梅宮、磯村、染谷：（齊聲）對呀好帥唷！

作者：（繼續汗）我到底當初幹嘛加上這三個怪胎呀？

梅宮：要說怪胎的話，柴田才是吧？我們可是美少女呢！

磯村：就是說嘛。

染谷：本來就是。

柴田：（默默舉手）那個……我眞的有這麼奇怪嗎？

森崎：的確是滿奇怪的。

梅宮：對呀。

磯村：眞的很奇怪。

染谷：沒錯。

九条：喂喂，結果作者把大家都找出來是要幹嘛？

作者：嗯，本來是想要感謝大家辛勞，還有聊聊小說創作的……

九条：那現在呢？

作者：（嘆）現在啊，突然誰都不想感謝了。

柴田：啊，那個──

作者：怎麼了？

柴田：（羞）不是說會幫我搭配長得像渡部篤郎或佐藤浩市那種帥哥嗎？可是怎麼沒看到呢？

森崎：（咳）莫非柴田同學對我有什麼不滿？

柴田：話不是這麼說的。但當初我是爲了跟渡部篤郎或佐藤浩市搭檔才出場的呀……

作者：（大汗）唉呀，可能會有第二集，不用擔心，遲早會有這麼一天的！妳看，佐藤浩市也就是霧島研一郎──後來不就出場了嗎？

森崎：（失落）果然柴田同學對我有很大的不滿。

柴田：就說不是這樣了嘛。（對作者抱怨）但是我跟霧島沒有什麼互動啊～

作者：會有的會有的……（隨便矇混）

柴田：到時可別用玉木宏還是妻夫木聰加進來敷衍我。

作者：我哪敢啊——（泣）。

森崎：（正色）但是作者會不會繼續寫第二集——其實是個謎吧。

作者：（驚）森崎教授還挺了解我的……

柴田：這麼說我就沒機會跟帥哥一起演床戲了！作者妳不可以就這樣斷頭啊！

（用力搖晃作者中）

作者：（暈）咦，什麼？我什麼都沒說啊。

——作者被柴田劇烈搖晃十分鐘後。

九条：（放下茶杯）話說回來，玉木宏倒沒什麼不好的啊。（露出好色的眼光）

作者：這麼說九条可以考慮跟他搭檔……

九条：（噗）《美少年警探》續集嗎？

森崎：不好吧，好處都被小綾一人佔盡。

柴田：森崎教授才是佔盡好處吧，有親衛隊，而且前妻長得像松嶋菜菜子。

森崎：不過那畢竟是前妻了。

梅宮：什麼？像松嶋菜菜子？

磯村：而且是前妻？

染谷：如果是的話倒很相襯……

森崎：（汗）前妻什麼的不是重點吧……

（眾人七嘴八舌）

這時，「山茶花」店門打開，一頭黑貓緩緩走入。

龍造寺：各位好，對不起我來遲了。

梅宮：貓會講話？

磯村：會講話的貓耶！

染谷：眞是見鬼了。

龍造寺：雖然目前只有出場一次的機會，不過能給虐待動物的人一點教訓也不錯！人類實在太不尊重其他生命了，舉例來說……（以下刪去八千三百五十九字）

柴田：（鬱悶）連妖怪都長得比我漂亮，有種心酸的感覺。

九条：比起來，我可是接連遇到恐怖事件的警察，這才倒楣吧？

森崎：那是因爲小綾是系列作的主角嘛。

九条：（笑）可是現在輪到你和柴田了喔，森崎君。

柴田：果然還是很心酸。（再度鬱悶）

作者：（驚）不要用那種眼神看我啊，不關我的事……

當然，大家不可能相信這種說法的。本來想要藉由茶會來聊聊神聖嚴肅（？）的小說創作，結果變成角色們的抱怨大會，這到底是——

作者經歷・一定要開著燈

實不相瞞，在多年前，我有陣子一定要開著燈才能入睡。

原因很簡單，一關燈，就會聽到翻書的聲音。

很久以前，我住在台北市的邊陲地帶，很靠近河堤的老舊公寓中，我的房間窗外緊鄰著另一棟公寓，棟距不到一公尺，很輕易就能爬過來，因此，我幾乎從來不開窗，直到後來那戶人家搬走。沒人住之後，那層公寓總是看起來黑漆漆，這樣也好，我就打開了窗戶。

後來不知道從何時開始，晚上一關燈之後，我就聽到有人在我房裡翻書的聲音。

在此說明一下，我的房裡那時有兩座書櫃，一張大書桌兼電腦桌，一張單人床，還有一座衣櫥和梳妝台。

因爲我的書不少，所以書桌上也擺滿了常看的書，可是不知道爲什麼，關燈之後，就能清楚聽到書本被打開，並且一頁頁緩緩翻動的聲音。

如果是窗外的風所造成，那麼吹動書本時的聲音不會那麼規律，何況夏天時睡覺會關窗開冷氣，不會有風吹進房間。若是冷氣的強風造成，那麼在開燈時就會出現這種聲音，又爲什麼在關燈後才開始呢？我百思不得其解。

再假設我住的地方有老鼠和其他害蟲好了，這種動物或者昆蟲爲什麼會讓書本發出很規律的翻書聲呢？

那陣子，只要關燈之後，就會聽到書桌上傳來翻動書頁的聲音，所以後來練習開著燈睡……這種情況，直到搬家後才停止。

時至今日，我仍不清楚當時究竟是什麼原因造成那樣的現象，我希望有天能找到科學解釋，眞的非常好奇那時到底發生了什麼事。

很久之後，我在信義區某處親眼看到了神秘物體，不久後那裡接連發生了事件，但，那又是另外一個故事了。

這是我本人的親身體驗。

後記

我，是中谷美紀的迷。

自從國中時代看了《橫濱殉情》之後，就深深迷上了這位小姐。後來之所以很努力地一面被嚇一面看完《七夜怪談》，也是因爲中谷美紀小姐的演出。這次柴田純的設定，就是以中谷美紀小姐爲範本構想而出的。將中谷美紀小姐在《七夜怪談》和《繼續》裡的角色加以混合而成。中谷美紀小姐有一種特別的美感，那是一種用引誘別人犯罪來保持自身純潔似的美，非常非常吸引人。

以往的日系故事，都是用「高野　舞」之名發表，這次決定派人格一號上場，希望諸位讀者不會覺得奇怪。我相信大家應該早就知道鍾靈和高野舞是同一位作者了吧？當然若您至今才知道，也請不要訝異。反正，就是那麼一回事。

《鬼校》系列算一算也寫了至少十幾萬字，雖然並未在架上包裝成同一系列，但是對我而言可以歸爲同系列作品的有：《鬼校怪談》、《鬼校怪談II》、《祈怨》、《死神遊戲》、《鬼校怪談之八號置物櫃》、《空房禁地》、《鬼咒纏身》。希望有天能重新整理這些出版品，並且規劃成完整的系列套書。而這次的《鬼校怪談：黑貓》將會延續《鬼校》系列，有可能以怪怪女大生柴田純當作系列主角。不過每次朋友都會勸我，由於我喜歡的主角類型都太冷門了，所以讀者們大概會受不了（害我很想哭）。

人的心到底是什麼呢？爲了探索這問題，於是有了心理學、社會學和文化學等等學術研究，但至今仍沒有誰可以確切地描述人心。這次的故事裡，花了一些篇幅描寫森崎和柴田，即使擁有相同能力，但卻依舊如此迥異。隨著之後的故事發展，我想森崎和柴田的人格與個性也會愈來愈清晰吧。人心複雜無比，也因此筆下的人物會有種種不同的思考和處事方式，這是毫無疑問的。

我啊，是嚴重的貓奴呢。

像我這樣對貓有好感的人，在電視上看到有人虐貓時，心裡就湧起一股憤怒。其實不管是任何動物，都不該被虐待，只是貓狗比較貼近人類生活，牠們比較容易被取得，被注意到。我眞是不懂，怎麼會有人想虐待動物呢？看到對方沒有反抗能力、痛苦萬分而覺得開心——這實在令人恐懼。

這次同樣也附上了《怪談》。第一篇怪談充滿了正港的台灣味；最後一篇則是想起了小時看過的影集《地窖主人》，因而提筆。小小短短的怪談和中長篇的故事比起來，不知道讀者朋友比較喜歡哪一種呢？

最後是部落格搬遷的消息——

請上Google或痞客邦搜尋：銀座2號店即可。

鍾靈

二〇一〇年・暮春

國家圖書館出版品預行編目資料

鬼校怪談：黑貓／ 鍾靈著. ——初版. ——臺北市 ：
春天出版國際, 2010. 08
面； 公分.——（鍾靈作品；01）
ISBN 978-986-6345-40-1（平裝）
857.7　　　　　　99006788

鍾靈作品／ 01
鬼校怪談：黑貓

作者 ◎ 鍾靈
總編輯 ◎ 莊宜勳
責任編輯 ◎ 黃郁潔
封面繪圖 ◎ 劉岳
封面設計 ◎ 克里斯
行銷 ◎ 胡弘一

發行人 ◎ 蘇彥誠
出版者 ◎ 春天出版國際文化有限公司
地　址 ◎ 台北市忠孝東路四段303號4樓之一
電　話 ◎ 02-2721-9302
傳　真 ◎ 02-2721-9674
E－mail ◎ frank.spring@msa.hinet.net
網址 ◎ http://www.bookspring.com.tw
部落格 ◎ http://blog.pixnet.net/bookspring
郵政帳號 ◎ 19705538
戶　名 ◎ 春天出版國際文化有限公司
法律顧問 ◎ 蕭顯忠律師事務所
出版日期 ◎ 二〇一〇年八月初版一刷
定　價 ◎ 199元
總 經 銷 ◎ 楨德圖書事業有限公司
地　址 ◎ 台北縣新店市復興路45號3樓
電　話 ◎ 02-2219-2839
傳　真 ◎ 02-8667-2510
香港總代理 ◎ 一代匯集
地址 ◎ 九龍旺角塘尾道64號 龍駒企業大廈10 B&D室
電　話 ◎ 電　話◎
傳　真 ◎ 傳　真◎852-2396-0050

排 版 ◎ 浩瀚電腦排版股份有限公司
印刷所 ◎ 鴻霖印刷傳媒事業有限公司

ISBN 978-986-6435-40-1
Printed in Taiwan

The Black Cat

鍾靈作品

The Black Cat

鍾靈作品